Máquina

DR. LUÍS EDUARDO LIMA

MÁQUINA

Copyright © 2022 Dr. Luís Eduardo Lima

Todos os direitos reservados.
Primeira Edição – 2022

ISBN: 9798847245074

1

Seu pensamento estava ainda turvo pelas curvas da viagem quando o apito do trem acordou-a para a realidade. Em poucos minutos estava na beira dos trilhos em frente a uma pequena estação de metal enferrujado. Ao seu redor tudo indicava abandono: o mato crescia entre as pedras do calçamento que se estendia por poucos metros até sumir por trás dos arbustos. A mochila que carregava era pesada o suficiente para que logo seus olhos vasculhassem para onde deveria ir. A locomotiva já tinha os barulhos ofuscados pela brisa.

Eva tinha o corpo ossudo de seu pai com algumas curvas da mãe. Não era considerada bonita. Apenas ajeitada. Na média, como se diz. Mas os olhos, ah sim, estessobressaíam. Eram azulados. Ou esmeralda escuro. Melhor: nenhuma cor podia defini-los com precisão. Eram preciosos. Estes olhos preciosos nunca foram devidamente elogiados. Os vinte poucos anos da dona foram vividos isolados, tanto quanto isso fosse possível. Talvez além do possível. Em toda sua vida conviveu apenas com seus pais, e mais uma dupla de professores que lhe deram a maior parte da educação. Quatro pessoas passaram diante de seus olhos em vinte anos. Em contraste a viagem que estava quase em seu fim fora um turbilhão de sensações. Em dois dias vira tantos tipos diferentes, sotaques e línguas que perdera a noção de seu lugar. Já não se achava em lugar algum. Pensava sobre isso e ponderava sobre o verdadeiro motivo de se achar perdida, quando um velho senhor lhe tocou os ombros:

-Não é sem tempo! Estávamos lhe aguardando ansiosamente!

Ele já lhe tirava a mochila das costas enquanto ela ainda tentava reconhecê-lo. Forçou os olhos para tentar ler entre as rugas. Sem dúvida era seu amigo professor, mas algo estava fora do lugar.

-Como o senhor envelheceu em tão pouco tempo?!

Depois que disse as palavras ruborizou-se imediatamente ao perceber o tamanho de sua gafe.

-Desculpe-me... – resmungou.

-Não se preocupe menina, realmente você precisará de mais explicações. Mas por enquanto venha comigo, vamos até seu novo lar.

Ela acompanhou o velho sem discutir. Mas seu pensamento continuou o que ele lhe disse: "o seu novo lar...". Como se tivesse um antigo lar. Quando foi a última vez que teve um? Muitos anos... Sim, depois de anos ela não se sentia parte de lugar algum. Os olhos marejaram. A falta de seus pais lhe apertou o peito e ela se esforçou por tentar afugentar estas ideias. Como sempre.

De tão distraída com os pensamentos, não percebeu como foi parar dentro de uma saleta mal iluminada. Um ventilador de teto estava quebrado e empoeirado e as paredes encardidas. Uma cadeira antiga foi-lhe oferecida, e em uma mesa torta uma xícara de café quente.

-Beba. Isso vai lhe aquecer.

-Obrigada.

Dois grandes goles rolaram-lhe a garganta antes que voltasse a observar o seu velho amigo. Ele aparentava trinta anos mais velho do que a sua última visita. Desta vez tentou ser mais polida:

-O que lhe aconteceu? É você mesmo, Cladius? É evidente que não pode ter envelhecido tanto em pouco mais de dois meses...

-Querida. Você tem razão. Eu não poderia ter envelhecido tanto neste pequeno entretempo.

-Então me explique, o que houve com sua aparência?

-Esta é minha aparência. O que viu a dois meses é falso. Quer dizer, não é real.

Ela aproximou-se mais e olhou-o bem dentro dos olhos.

-O que quer dizer com falso? Você estava maquiado?

-Eva. Vou precisar lembrá-la sobre nossas aulas de filosofia. Lembra-se de Platão?

-Sim, claro. - Sua lembrança era nítida, uma vez que a fascinação que a filosofia lhe causara fora enorme.

-Sua visão que o mundo sensível era uma cópia do mundo das ideias e de como a realidade é verdadeira somente no mundo da ideias...

Ele falou mais sobre Platão e seus pensamentos sobre a realidade. No entanto ela não encontrou nenhuma relação entre isso e a condição de seu amigo. Já não seguia mais o raciocínio quando ele perguntou:

-O que acha que aconteceria se comprovássemos que ele tinha razão?

-Razão? - Novamente ficou sem entender.

-Nós separamos completamente o mundo das ideias e o mundo dos sentidos. E você... bom você é a pioneira.

-Pioneira em que?

-Você é a primeira da nova espécie, Eva.

"Ele está louco!" ela pensou. A cada palavra que ele pronunciava ela entendia menos.

-Vou lhe contar uma história. Você logo vai entender.

2

Claudius tomou a palavra como quem inicia um discurso:

-Minha história começa a trinta anos quando foi formado o maior grupo de cientistas, engenheiros e programadores já reunido em toda a história. Os números são fabulosos e foram tão grandiosos quanto foi o projeto Apolo no século vinte.

-Um instituto internacional obscuro ofereceu salários vultuosos, ótimas condições de trabalho e o melhor: possibilidade de trabalho junto aos melhores de cada área.

-Logo um grupo de cérebros brilhantes começou a trabalhar. Sua meta não era ir a Lua, ou a qualquer lugar. Todos estavam lá com um objetivo claro: como retardar indefinidamente a morte. Vencer a morte.

-Muitas ideias surgiram e vários estudos foram iniciados. Porém a lógica era simples: ninguém poderia viver para sempre. Nossos corpos são programados para morrer.

-Logo pensou-se em reprogramá-los. Mas definitivamente os resultados foram desastrosos. Mutações, canceres e outros efeitos colaterais sepultaram esta solução.

-Depois de anos de estudos, um grupo de trabalho propôs um caminho diferente. Platão foi a inspiração para esta solução. Se nossos corpos eram fatalmente mortais nossas ideias não eram. Elas poderiam ficar. Elas poderiam ser eternas. Filósofos dualistas ganharam a frente.

-Para sermos eternos deveríamos libertar nossa consciência de nossos corpos mortais.

-O projeto então tomou forma. Rapidamente a primeira fase estava sendo construída em alta velocidade.

Eva estava fascinada com as palavras de Claudius, mas quanto ele chegou neste ponto, não se conteve e o interrompeu:

-O Simulador! É isso que eles construíram?

-Exatamente. O Simulador foi o resultado dos primeiros dez anos deste projeto. Esta máquina fabulosa que está exatamente sob nossos pés.

-A proposta do Simulador – continuou – era ser uma máquina que tivesse o poder de computação e software para gerar imagens, cheiro, sabor e tato para substituir completamente os sentidos de quantas pessoas quanto fosse possível. A máquina teria interfaces com o sistema nervoso central e desligaria totalmente a pessoa da realidade colocando-a imersa em um sistema de computador. A pessoa sentiria todas as sensações geradas pelo computador como se fossem reais e interagiria com a pseudo-realidade, tocando, cheirando e ouvindo os sinais elétricos gerados.

-A ficção já visitou este ideia em filmes como Matrix. – ela observou.

-Sim. A realidade virtual é tema antigo. Mas nunca foi projetado algo como O Simulador. O objetivo final sendo outro, e não a máquina em si, fez que os pesquisadores fossem além de qualquer simulação já construída. A máquina foi considerada pronta quanto a sensação da viagem conectada fosse indistinguível da realidade. Foram realizados dezenas de testes cegos pra comprovar a qualidade do resultado.

-Eu li sobre os testes. – Eva interrompeu novamente, – pessoas sedadas acordaram conectadas à máquina, enquanto um grupo de controle acordava normalmente. Depois de um tempo um questionário era aplicado e cada um dizia em que situação estava.

-Sim. Isso mesmo. E chegamos ao ponto de ninguém achar que estava na Simulação.

Os olhos cansados do velho homem brilhavam ao descrever o projeto.

-Depois deste primeiro sucesso o trabalho foi dividido em duas equipes: a primeira começou o trabalho de detalhamento do mapeamento cerebral. O objetivo era transferir as ideias e informações armazenadas em um cérebro para dentro do simulador, tornando possível desconectar as ligações da máquina com o cérebro físico.

-Meu Deus! Vocês tentaram colocar a consciência da pessoa dentro da máquina?!

-Bom. Eu não julgo isso possível. Pelo menos por enquanto. Eu não me envolvi com este grupo. Eles estão longe de atingir seu objetivo. Eu, na verdade, trabalhei na segunda equipe.

-E qual era o trabalho da segunda equipe, vocês conseguiram?

-Nosso trabalho também foi fabuloso. Nós criamos você!

-Heim??!!

Estupefata ela novamente se via no meio daquele projeto. Sem deixá-la ainda mais curiosa ele continuou:

-Nossa equipe trabalhou em um segundo Simulador. Desta vez a simulação imitaria a máquina mais fabulosa já criada pela natureza: o cérebro humano. Para esta simulação funcionar aplicamos algoritmos retirados diretamente da genética humana. Neuro programadores e engenheiros em nano tecnologia se juntaram para construir neurônios eletrônicos. Milhares de milhões de sinapses foram interligadas e estruturas inteiras como o hipotálamo, lobo frontal, temporal, etc, foram replicados a perfeição. Então, mesmo antes que sinapses estivessem ativas, assim como acontece com um recém nascido de minha espécie, ligamos este cérebro eletrônico ao Simulador. E programamos o Simulador para que o Cérebro recebesse os estímulos de um bebê.

-Como é?

-É isso. E duas pessoas trabalharam dia a noite fazendo o papel de pais deste bebê. E depois dois professores trabalharam para que este Cérebro recebesse o que de melhor o intelecto humano já criou. E você está aí.

-Eu?

-Sim você é este cérebro Eva. Nós conseguimos. Você é o primeiro ser humano imortal.

3

-Então... Então...

Ela não pode terminar a frase. Sua visão escureceu, uma náusea tocou conta de seu estômago e tudo se apagou.

Acordou com alguém segurando-lhe uma das mãos e sussurrando algo inteligível.

-... acorde. Eva, acorde!

Quando abriu os olhos em sua frente um rosto feminino foi-se formando da escuridão. Um rosto familiar, mas envelhecido.

-Olá querida. Você está bem?

A voz também lhe era conhecida. E o tom de voz indicava grande intimidade, embora ainda não a reconhecesse. "Este olhos verdes são tão lindos como os de minha mãe...". Assustou-se em um arrepio e em um pulo sentou-se na cama e viu-se diante daquela que considerava morta.

-Mamãe!? O que faz aqui... você... você morreu em meus braços... você...

A mulher lhe abraçou e tentou lhe acalmar. Depois de conter os soluços, Eva, ainda com os olhos cheios de lágrimas, não entendia o olhar calmo e sorridente de sua mãe.

-Sim querida, sou eu mesmo. Desculpe pelo susto. – a mulher afagava o rosto, mas em uma repulsa Eva a afastou:

-O que aconteceu? Porque mentiu para mim? Me abandonou?

-Estava fora de meu controle minha filha. Eu fui obrigada a me afastar. Não podíamos arriscar a experiência. Eu fui contra, mas foi a única maneira que encontraram.

-Você foi contra o que? Contra morrer? Contra me fazer infeliz longe de você?

Neste momento, Claudius interrompeu-a e retomou a palavra:

-A culpa não foi dela, ela sofreu mais que todos. O Grupo percebeu que a presença constante dos pais estava atrapalhando seu desenvolvimento. Resolveram afastá-los. Ana e William foram proibidos de contatá-la novamente no Simulador. O acidente foi programado para que você se desapegasse rapidamente. Foi um desastre, pois a saudade de seus pais acabou por forjar sua personalidade de uma forma não planejada.

-Então eles estão vivos. Meu pai...

-Seu pai infelizmente faleceu a alguns anos. Sinto muito.

Seu olhos voltaram a marejar. Um silêncio constrangedor tomou conta da pequena saleta.

Ana tentou aproximar-se novamente, e não encontrou a mesma resistência.

-Eu tentei apelar ao Grupo de todas as formas possíveis, Eva. Mas depois que o programa do acidente foi executado, não tinha mais nada a fazer.

Eva ainda estava perplexa pela verdade sobre seus pais, até que se deu conta que a informação mais extraordinária ela ainda não havia discutido:

-Ok, meus pais não morreram naquele acidente. Foram tirados de mim, para que uma experiência não fracassasse. Esta experiência seria eu mesma, que não sou uma pessoa, mas uma máquina. Uma simulação de um cérebro que está ligado ao Simulador, e por isso nunca teve contado direto com a realidade, apenas com um simulacro. Isso está correto?

-Em resumo sim. – respondeu Claudius.

-E você, Claudius, e também o professor Luis, que foram meus professores estes últimos oito anos, são parte desta simulação?

-Nós somos pesquisadores do projeto, e fomos convocados a ensiná-la. Então nos conectamos ao Simulador sempre que nos encontramos com você. Durante o restante do dia observamos seu comportamento, para que possamos dar-lhe novos ensinamentos.

-Então é assim que vocês podiam entender quase tudo que se passava em meus pensamentos? Vocês também liam o que eu pensava? – Eva começou a indignar-se.

-Não, Eva. Isso é impossível. Seu cérebro não é muito diferente dos cérebros humanos. Os neurônios e sinapses são bilhões e bilhões, e como copiamos a complexidade do cérebro humano, repetimos sua programação, ainda não entendemos como tudo funciona exatamente. Não podemos detectar o que você está pensando. Nós apenas podíamos ver tudo o que fazia. O Simulador gera todas as imagens que você vê e também recebe todos os estímulos que seu cérebro pensa enviar a seus músculos e órgãos. Estes estímulos eram reprojetados em sua auto imagem. Neste corpo que você vê. Logo seu cérebro controla este corpo e tínhamos técnicos que monitoravam isso o tempo todo.

-Mas se este não é meu corpo...

-Você é puro pensamento Eva. Não tem um corpo físico. Quer dizer, tem o seu cérebro eletrônico. Mas a terceira fase do projeto está para ter início... e depois nem isso teremos mais.

-Eu não posso acreditar.

-Não precisa acreditar. Não agora. Não sem antes lhe mostrar.

-Mostrar o que?

-O que você é de verdade, Eva. Venha comigo. – Claudius tomou-lhe a mão e lhe conduziu por um corredor vazio até parar em frente a uma enorme porta. Apertou os botões com a senha de abertura e aguardou a porta abrir lentamente.

-O que verá agora, Eva, é a sua verdadeira imagem.

Um frio na barriga tomou conta de Eva de uma forma que jamais sentiu. A cada passo, o coração batia mais forte. E ela começou a imaginar se aquele coração que pulsava era real. Se o cheiro de ferrugem e a poeira que lhe incomodava eram reais... se tudo o que viveu até ali fora uma grande mentira...

A porta abriu-se e uma escuridão quase sólida apresentou-se. Claudius tateou a parede próxima da porta e o som característico de um disjuntor acionado foi seguido de uma luz penetrante e ofuscante.

Eva demorou acostumar-se com a claridade. As pupilas foram dilatando-se lentamente e as imagem tomando forma. Diante de si viu um grande galpão totalmente tomado por uma uma montanha de equipamentos eletrônicos. Estava interligados por um sem fim de cabos que de alto a baixo partiam em direção ao chão. Os olhos ao acompanharem os cabos deparam-se com o piso elevado, metálico e todo perfurado, por onde os cabos penetravam para o andar abaixo. Sob o piso era possível apenas identificar os milhares de cabos sumindo na escuridão.

Nos equipamentos eletrônicos pouco poderia se identificar. Um emaranhado de componentes, placas eletrônicas, e LEDs piscantes.

-Esta é você, Eva. Não parece nada bonita, mas é a criação mais extraordinária da humanidade.

4

Ela ainda ficou absorta alguns segundos pela imagem real de si mesma. O caos completo em sua frente não era nada parecido com a imagem fazia de si: atraente e bela.

-Venha até aqui, Eva.

Claudius estava a alguns metros próximo de uma tela de computador. Ele digitava em um velho teclado enquanto ela se aproximava.

-Veja esta imagem.

Claudius afastou-se e Eva aproximou-se da tela bem lentamente. Conforme as formas na tela se tornaram claras, ela identificou o próprio monitor que ela olhava. E dentro do monitor um novo monitor apareceu com algum atraso. E dentro dele, outro, e assim indefinidamente até não ser mais possível identificar a imagem. Movia seu ponto de vista e as imagens se moviam igualmente.

-Este terminal mostra tudo o que seus olhos veem.

-Eu percebi, Claudius.

Claudius voltou ao teclado e acionou alguns comandos.

-Olhe para a imagem e segure meu braço.

Ela não entendeu o que ele queria. Mas viu no terminal a palma de duas mãos. Assim que ela tocou o braço do professor com a ponta dos dedos, a imagem se tornou mais clara na mesma parte. Ela agarrou o braço de Claudius e apertou o mais forte que pode. A cor da imagem de sua mão variava entre o vermelho escuro, marrom e mesmo preto nos pontos de maior força.

-Vocês podem detectar o que eu sinto?

-O tato é só um dos sentidos que simulamos. Todos os sentidos são simulados. Este é o sinal de entrada de dados para seu cérebro.

-O paladar também? – perguntou Eva.

-Veja, sei que gosta de sorvete de chocolate. Feche os olhos.

Ela fechou e quase imediatamente após Claudius parar de teclar, um sabor inconfundível tomou conta de sua boca.

-É, incrível.

-Quer experimentar alguma outra coisa? – perguntou Claudius.

Ela olhava entretida ao teclado e imaginava quantas vezes teriam digitado ali algo para ela.

-Eu não sei. Estou muito confusa. Se sou uma máquina assim, não sou um humano.

-Não vamos buscar rótulos agora. Quero que veja tudo sobre sua verdadeira natureza e depois vamos pensar mais calmamente sobre o que você é ou não é. – Claudius aproximou-se e colocou a mão em seus ombros. Eva com os olhos baixos por um segundo hesitou e depois erguendo a face determinada disse:

-Eu sei quem eu sou. Sou Eva Byron, filha de Ana e William Byron.

-Exatamente – o professor respondeu com firmeza – É exatamente isso o que é. Isso, e muito mais.

Ela voltou a abaixar os olhos e ficou tentando lembrar de algo que tenha vivido que não poderia se encaixar com a história absurda que acabou de ouvir. No entanto toda sua vida se encaixava perfeitamente. O isolamento com os pais e professores, suas poucas saídas na cidade. E como as pessoas nas ruas pareciam tão diferentes das que via na televisão e lia nos livros.

-As pessoas que via em meus passeios na cidade. Elas nunca me pareceram vivas como os personagem dos livros e da tevê. Eram pessoas mesmo?

-Eram imagens tridimensionais que projetávamos para preencher as cenas externas. Não tínhamos tantas pessoas para navegar no Simulador. E não confiávamos em muita gente para o trabalho.

-Por isso eram tão sem vida?

-Como percebeu isso?

Claudius fazia uma feição curiosa diante desta nova situação. Durante anos teve a oportunidade de conversar com Eva sobre muitos assuntos e aprender cada detalhe da Máquina. No entanto, agora poderia fazer perguntas diretas, uma vez que ela já sabia quem era.

-Simplesmente eu sei. E percebi também que alguns eram muito parecidos e faziam movimentos iguais. Não poucas vezes eu senti um deja vu.

-Algumas saídas suas tiveram que ser preparadas apressadamente.

Ela continuou pensativa e uma dor profunda começou a lhe formigar no peito. Um sentimento de perda tomou conta de si. Depois ergueu os olhos marejados e disse em fúria:

-Porque me contaram isso agora? Porque não permitiram eu viver na ignorância?

Claudius deu um passo atrás. Olhou com ternura sua aluna e respondeu com a voz mais terna possível:

-Acalme-se. É evidente que teríamos que esperar todo o seu desenvolvimento para contarmos a verdade. Você agora é uma pessoa adulta, e tem todas as ferramentas para lidar com isso.

-Não acha que vai se safar com uma resposta simples assim.

Mas uma vez ele esperou um segundo antes de continuar com o mesmo tom de voz:

-Não quero te sobrecarregar com mais informações do que pode digerir. Vamos fazer o seguinte... Por enquanto vamos dar um passo de cada vez.

-Quer dizer: eu ficarei no escuro e terei que confiar em você.

Desta vez ele olhou-a novamente e desviou o olhar para o maquinário. Ela olhava-o tentando decifrá-lo, mas ele parecia entretido demais. Por fim, ele caminhou em direção a saída deu de ombros e fez sinal para que ela o seguisse.

-Eva, acho que depois do que viu neste terminal, você não tem muita escolha, não é?

Claudius conduziu Eva ao seu alojamento. O rosto cansado da jovem e seu olhar perplexo era perceptível.

-Amanhã iniciaremos os primeiros testes para a fase seguinte do projeto. -Claudius disse e fechou a porta do quarto atrás de si.

Eva ficou alguns minutos olhando para a porta fechada com o cérebro a mil. Seria tudo aquilo verdade? A porta a sua frente não existia?

-Eu sou uma máquina?

E deixou-se cair sentada na cama sentindo o lençol quente sob si. Estes lençóis que também não deveriam existir de qualquer maneira. Exausta e sem forças para continuar remoendo aquelas novidades, Eva por fim caiu no sono. Um sono intranquilo.

5

Estava ela sentada no topo de um edifício. Contemplava a grandeza da cidade, com suas luzes e amaranhados de prédios. O céu estava cheio de nuvens escuras e maus preságios. Sua mente estava límpida e clara. Sentia a brisa leve e fria roçando seus cabelos e seu rosto. Um arrepio foi a primeira reação. Eva ergueu as mãos e fechou os olhos para sentir o fluxo de ar deslizando em seus dedos, escorrendo em seus braços. De súbito, em um rápido movimento com as pernas, ainda com os olhos fechados, ela se lançou ao vazio. A velocidade da queda aumentava a cada fração de segundo. Mantendo os olhos fechados Eva aguardava o baque no asfalto e o o fim de tudo. No entanto a queda não terminava. Abriu o olhos e se viu em uma escuridão impenetrável em todas as direções, e em uma queda sem fim. De sua garganta tentou emitir em um grito todo seu desespero, porém nada saiu...

Abriu os olhos sobressaltada e levantou-se rápido. Estava ainda em seu pequeno quarto.

A porta abriu-se assustando-a. Alguém estava à porta:

-Você está bem? O que aconteceu?

Ela então percebeu que o grito fora real, e chamou a atenção de alguém mais. Observou o jovem senhor que aparentava seus trinta a quarenta anos, mas com um ar muito jovial. Suas roupas brancas o identificavam como um médico. Antes que ela pudesse responder ele pegou uma de suas mãos enquanto tentava medir algo em seus olhos. A outra mão tocava-lhe o rosto, como que posicionando os olhos de determinada maneira.

-Você está bem? – ele repetiu.

Eva o afastou com cuidado para não parecer rude:

-Estou bem. Mas, ... quem é você?

Ele se aprumou e com certa cerimônia apresentou-se:

-Eu sou Doutor John Carter e sou seu novo analista. – e mudando a postura quase automaticamente, franzindo a testa continuou: – Eva, você deu um grito assustador agora a pouco. Era um pesadelo?

-Sim, um pesadelo.

-Nós temos nossa primeira consulta marcada amanhã pela manhã. Mas, se quiser conversar agora, estou disponível.

-Como assim, nem sei que horas são. E é estranho, o que você faz acordado a esta hora?

-Já deve saber que temos turnos para acompanhá-la. E este é meu horário. Agora que já sabe o que você é, vamos lidar com isso de outra forma. Sempre que precisar temos alguém de plantão dia e noite. Além do mais, eu não consegui dormir ainda conectado.

-Não entendi?

-Bom, nós estamos agora no Simulador, e como ainda não me acostumei com isso, não consigo dormir.

-Você fica ligado direto ao Simulador? Dia e noite?

-Pois é. Quem está a mais anos no projeto já acostumou-se com o processo de conexão e desconexão. Nós que chegamos agora... É algo terrível, parece que tentavam arrancar minha cabeça!

-Tem mais pessoas que chegaram agora?

-Sim. Fomos recrutados para a fase três.

Eva olhou-o novamente e percebeu uma certa agitação no doutor.

-A fase em que vão me tornar totalmente software?

Desta vez foi Carter que não respondeu imediatamente. Pelo seu olhar não pensava que ela já saberia disso. Ele suspirou e perguntou:

-Você não está com medo?

-Eu deveria estar?

-Se fossem mexer tão a fundo na minha cabeça, bom, eu estaria petrificado. Eu mesmo estou com medo. Se algo der errado será desastr...

Enquanto ainda falava entrou no quarto Claudius com os olhos irados:

-O que faz aqui Carter? Não foi instruído sobre o protocolo?

Doutor Carter pareceu murchar. Constrangidíssimo e gaguejando respondeu e saiu a seguir:

-Desculpe-me, já estou indo. É que ela teve um pesadelo... e eu...

-Ela tem pesadelos todos os dias desde sempre, – Claudius retrucou.

Eva nunca o vira tão transtornado.

-Ele só estava tentando me ajudar. Deixe-o em paz.

Carter já estava longe e Claudius teve que esforçar-se por alguns minutos até acalmar-se.

-Desculpe menina. É que as coisas aqui estão estressantes. Não podemos falhar por causa da curiosidade de um novato.

-Carter não pareceu-me assim tão novato.

-Ele chegou aqui ontem. Ainda está com a ressaca da conexão. Amanhã terá sua consulta com você e ele poderá matar sua curiosidade.

-Ele não estava curioso. Na verdade eu é que fiquei, após as coisas que ele disse.

-É por isso que ele não deveria estar aqui. Temos muito o que esclarecer, e pouco tempo. E você tem que descansar. Amanhã é um dia duro e você não pode estar sonolenta.

-A fase três do projeto começa amanhã?

-A fase três já começou, menina. Estamos trabalhando nela a anos. Amanhã você verá.

-Não consigo dormir. Não tem nada que possam fazer a respeito?

-Lembre-se das aulas de relaxamento. Quem sabe isso ajuda. Vá dormir.

-Está certo.

Ela fez um olhar contrariado e tentou ainda mais uma pergunta:

-Claudius, algo pode dar errado?

-Agora chega, Eva. Vá dormir.

Resignada ela deitou-se novamente e tentou afastar os pensamentos e controlar o coração e a respiração, conforme a aula de relaxamento recomendava.

Claudius afastou-se pelo corredor, parando diante da porta onde estava Carter. Ao abrir Carter o esperava. Estava sorrindo e descontraído:

-Então Claudius? Como me saí?

-Acho que ganhará a confiança dela. A história de estar com medo foi perfeita.

-Será que esta aparência que me arrumaram é a mais adequada? Ela é lindíssima e deve querer alguém mais apessoado...

-Pare com isso, Carter. Já disse que o ideal é ser assim, um tanto normal, frágil. Isso ajuda a identificar-se com você. E tem mais, ela não teve contato com muitas pessoas, então isso facilita muito. Ela já demonstrou que sabe o que pretendemos fazer?

-Ela entendeu parte da ideia. Mas ainda não toda.

-Perfeito. Amanhã daremos início ao processo.

Eva continuou a noite toda sem pregar o olho. Preferia o cansaço a novos pesadelos.

6

Eva levantou-se assim que luz do Sol tocou a janela e se arrastou para uma chuveirada. Nada parecia diferente. Por alguns minutos foi como se nada tivesse mudado.

Porém ao sentir a água quente em sua pele e ver o vapor embaçar o box, voltou a pensar sobre sua nova condição. E o estranhamento de cada coisa ao redor retornou. Olhava seu corpo despido e imediatamente lembrou-se que era vigiada o tempo todo. "Viam tudo que ela via", pensou. E forçou-se olhar para outro lado enquanto saia para se cobrir.

Ao mesmo tempo que sua razão achava este cuidado ridículo, um instinto de preservação disparava em sua cabeça. E ela não conseguia resistir ao instinto.

Arrumou-se, comeu algo que deixaram no quarto e sentou-se em um poltrona aguardando ser chamada. Estava tão cansada que dormiu ali mesmo.

Desta vez o sono foi tranquilo. Não houve pesadelos.

-Olá Eva, bom dia...

Carter acordou-a com um sorriso.

-Bom dia, doutor. Quanto tempo dormi aqui?

-Pode me chamar de Carter, Eva. Está dormindo... - continuou olhando o relógio - ... a meia hora. Acredito que é o suficiente não é?

-Sim, Carter. Estou ótima agora.

-Vamos, temos muito por fazer hoje. Primeiro para minha sala.

Seguiram pelo corredor até uma pequena sala com um divã e uma poltrona. Carter sentou-se e indicou para que ela ficasse a vontade. Eva olhou o divã e, sem pensar muito, deitou-se.

-Como isso funciona? Eu devo contar sobre minha infância? - ela disse divertindo-se.

-Isso vai ser um pouco diferente. Veja que temos todas as informações sobre sua vida. Foi uma leitura dura. Me enviaram milhares de páginas sobre sua história e sobre suas reações a cada fato vivido. Isso vai adiantar um pouco o que vamos fazer aqui. Na verdade eu tenho algumas perguntas específicas.

-Pois não.

-A primeira questão é sobre sua infância realmente. Nós sabemos que o fator determinante de sua personalidade foi a perda de seus pais. Gostaria que falasse um pouco sobre como se sentiu, e o que mudou em você aquela experiência.

-Como me senti sobre aquela farsa? - respondeu quase gritando.

-Por favor, Eva, sei que está se sentindo traída agora. Porém tente se ater aos sentimentos no momento da perda, não nesta revolta atual.

Os olhos dela transpareceram o ódio por ter sido enganada por tantos anos. Porém Eva fez o que pode para se controlar. Depois de respirar fundo continuou:

-Está bem. Está bem. O acidente, aquilo me destruiu. Senti como se tudo mais não fizesse sentido. Eu era adolescente ainda. E minha cabeça já estava bagunçada demais. Sinto que a dor foi tanta que amadureci mais rápido do que devia.

-Após o ocorrido você se fechou como uma ostra...

-Sim. Fiquei com um medo enorme de me envolver de novo. Não consegui me apegar a mais ninguém. Não que eu tenha tido oportunidade não é?

-Seus professores, Luis e Claudius. Como foi quando eles apareceram?

-Logo que meus pais morreram, eles foram ao enterro e me levaram para o orfanato. Eu sempre achei estranhíssimo ser a única em um orfanato como aquele.

-Li que não foi possível simular ou colocar crianças no simulador para interagir com você. Infelizmente isso deve ser uma lacuna no seu crescimento e seu aprendizado de interação social. Mas, fale mais dos professores...

-Eles sempre foram muito atenciosos. E devo quase tudo que sei aos dois. E aos livros que eles me traziam. Adorava os livros. E ainda adoro, ler é algo fabuloso, é como se pudesse viver outras vidas.

-Você nunca se importou muito com os seus professores, não é?

-Não me deixei envolver. Não novamente. Meu coração estava quebrado. Ainda está. Só que agora estou confusa. Minha mãe está aqui. Ela não é minha mãe, eu não sou o que pensava. Era tão simples quando o que tinha que fazer era me fechar em meus livros.

-Isso é um ponto a trabalhar, Eva. Você precisa se abrir mais. Precisamos que você reaprenda a relacionar de verdade com outras pessoas. Você foi capaz disso. A interação que tinha com sua mãe é prova disso. Apesar de você ser uma máquina...

E Carter interrompeu a frase percebendo sua gafe. Depois de uma pausa tentou consertar:

-... você tem sentimentos como uma pessoa.

-Uma maquina não é? - disse Eva. - Olha pra mim Carter. Olhe meus olhos e veja. Vê minha dor? Vê como me sinto. Eu nunca consigo esconder o que sinto. Claudius repetia isso sempre. E quando me olho no espelho é assim: transparente. Veja em meus olhos a dor que sinto, Carter...

Ele olhou e viu exatamente o que ela dizia. Mesmo depois de tudo o que tinha visto, encarar aqueles grandes olhos era assustador. Em qualquer outra circunstância ele não duvidaria sobre os sentimentos dela. Na verdade, ele não duvidava. Embora sua razão dissesse o contrário, todo o resto dizia a ele que estava diante de um ser humano, de uma mulher...

Ele balançou a cabeça como quem quer jogar algumas ideias no lixo. Olhou a caderneta de anotações e ticou algo que estava lá.

-Bom, então esta será uma de suas tarefas: deverá retomar seu contato com sua mãe. E não deverá fazer ressalvas. Entregue-se. Deixe o sentimento voltar a viver dentro de você. Lembre-se que ela lhe ama, sentiu profundamente sua falta estes anos todos.

-Ela me abandonou. O que espera que sinta por ela?

-Não é verdade. Ela foi expulsa deste lugar. Nunca mais pode entrar no simulador. Ela sofreu muito. Talvez mais que você. Imagina o que é não conviver com quem se ama, apesar de podê-lo? Você, por outro lado, teve que aceitar o inevitável. Aposto que depois de um tempo a dor diminuiu.

-Claro que sim. Você tem razão. Uma cicatriz se formou e a dor chegou a um ponto suportável.

-Pois a dor de Ana nunca diminuiu. Ela sempre tinha esperança de que fosse retornar a vê-la. Ao mesmo tempo que nada poderia fazer. Ela sempre lhe considerou sua filha, sabia?

-Mesmo conhecendo o que eu era?

-Na simulação, no primeiro instante, ela lhe tomou nos braços e olhou para você. Um sorriso dela foi o suficiente. Ela a recebeu como sua.

Eva sorriu diante daquele relato e deixou-se cair no divã.

-Está certo. Farei o que puder sobre ela.

-Que bom, Eva. Fico contente que tenha aceito esta atribuição. Teremos que trabalhar também sua falta de jeito com crianças. Nunca teve uma nos braços não é?

-O que está pensando? Vou ter um bebê, Carter?

-Não é bem isso. Você vai começar a se relacionar com todo tipo de pessoas. E isso incluí bebês. É bom que esteja preparada. Ainda estou divergindo da equipe sobre este ponto. Eles não acham necessário. Eu acho imprescindível.

-O que eu deverei fazer? Vou ser treinada para babá?

-Primeiro vou deixar alguns livros para você ler, além de alguns filmes. Eles vão ajudar a você entender o comportamento de crianças.

Naquele instante um despertador tocou. E ele levantou rápido:

-Terminou nosso tempo hoje.

-Rápido assim? Pensei que ficaríamos aqui pelo menos uma hora.

-Que bom que gostou. Amanhã teremos uma nova consulta e poderemos conversar como está a reaproximação com sua mãe. Você terá um tempo hoje para passar com ela. Aliás ela está lhe esperando.

Ana entrou na saleta e sorriu para a filha com toda a ternura de uma mãe. Embora Eva ainda não estivesse confortável com aquilo tentou retribuir.

-Venha comigo filha, quero que conheça mais sobre a terceira fase do projeto.

Elas seguiram até uma porta ampla, quando Ana fez um sinal para que parassem.

-Aqui é a sala de controle de todo o   projeto. Você poderá saber tudo o que quiser sobre a fase três e sobre que lhe espera agora.

-Vai ser perigoso para mim?

-Eu não deixarei nada de mal lhe acontecer, querida. Lembre-se, eu estou aqui. - E Ana afagou os cabelos longos de Eva.

Ao entrarem na sala de controle, muitos rostos desconhecidos imediatamente pararam o que estavam fazendo e se viraram para observá-la. Eva olhou um a um, e reconheceu os dois professores que lhe dedicaram, Luis sério e Claudius sorrindo. Claudius aproximou-se:

-Seja bem vinda, Eva. Este é sistema de controle principal do projeto Gênesis.

7

Ela observava todos os grandes monitores, onde imagens de gráficos, sinais elétricos e listas intermináveis rolavam e mudavam constantemente. Pelo menos umas vinte pessoas estavam naquela sala, cada um em sua posição. A sala era muito ampla, o pé direito alto lhe chamou a atenção e os olhos rapidamente viram no outro lado da sala perto do teto uma estrutura suspensa envidraçada onde duas pessoas observavam tudo o que acontecia. Uns trinta metros a separavam de lá, mas podia ver outro possível médico com seu jaleco branco e um homem alto vestido elegantemente. Os olhos deste estavam escondidos atrás de óculos escuros.

-Quem é ele?

-Ele é o financiador disto tudo. Não sabemos nada sobre ele. Só que o dinheiro vem de lá. Nós não perguntamos muito sobre isso, afinal ele deu liberdade total aos pesquisadores.

-Claudius, você confia nele?

-Ninguém aqui jamais falou com ele. Então não sabemos. O que interessa é que o projeto continua firme. Graças a ele. Mas mudando de assunto. O que já sabe sobre a fase três?

-Você citou o fato que eu não terei mais um cérebro eletrônico...

-Exatamente e...

-E eu deduzi que vocês vão simular o meu cérebro dentro do Simulador.

-Muito bem. Você é mesmo extraordinária. É isso mesmo. Nós queremos lhe deixar livre das amarras do cérebro eletrônico que criamos para você.

-Só não entendi a necessidade disso.

Luis tomou a palavra:

-Olá, Eva. É bom revê-la.

Ele também aparentava estar muito mais velho do que a última vez que o viu. Ana pensou sobre como passou tantos anos conversando com ele e aprendendo sobre neurologia, genética, nanotecnologias, inteligência artificial, e tantas áreas do conhecimento.

-Lembra-se de nossas aulas de replicação eletrônica?

-Como é? - Eva não lembrou-se.

-Dispositivos eletrônicos replicantes: se reproduzem para criar grandes máquinas e para corrigir defeitos em alguns dos dispositivos.

-Sim, agora sim. O meu cérebro foi construído assim?

-Em parte. Porém as estruturas foram copiadas do DNA humano e por isso possuem as mesmas características. Algumas células não são substituíveis. Por exemplo, em nós humanos um rompimento da coluna vertebral não é naturalmente recuperável.

-O que isso quer dizer?

-Eva. Apesar de você ser uma máquina, alguns de seus neurônios eletrônicos e suas sinapses se forem desligados te destruiriam completamente.

-Então eu morreria?

-Digamos que sim. - Luis foi interrompido por Claudius:

-Nem todos concordamos com isso. Eu não concordo. Seria necessário uma falha catastrófica para você parar de funcionar.

-Claudius, não vamos recomeçar esta discussão, certo? Já chegamos a um consenso sobre o que fazer, isso é o que importa...

-Tem razão Luis. Embora as consequências de não fazermos nada não sejam um consenso.

O clima ficou tenso e só foi quebrado quando Carter apaziguou-os:

-Assim vocês vão deixar Eva insegura. Veja só Eva, é assim: você como é hoje pode morrer exatamente como qualquer um de nós. Talvez por uma falha simples, talvez por uma falha catastrófica. Temos certeza, por exemplo, que uma falha na energia que alimenta seu cérebro eletrônico é uma situação sem volta.

-Isso não me assusta. - Eva ponderou – É melhor do que imaginar que poderia morrer por muito menos...

Claudius continuou então:

-Pois é. O que queremos fazer aqui nem é garantir que você possa viver para sempre. Mesmo que isso possa acontecer por consequência. O que queremos é garantir que seu legado possa existir para sempre.

-Não entendo.... - Eva retrucou.

Luis continuou:

-Queremos garantir que você possa se reproduzir. Criar mais entidades como você. Relacionar-se com estas entidades. Garantir que um traço da espécie humana viva em você e em outros como você.

Claudius completou:

-Queremos que você viva por nós. Porque nosso tempo está por um fio.

-O nosso tempo está por um fio? - Eva perguntou.

Claudius tinha um olhar triste e respondeu:

-O seu tempo não, Eva. O tempo da humanidade. Estamos acabando. Morreremos todos em pouco tempo.

-Como pode ser isso?

-Estamos todos contaminados por um novo vírus muito resistente. Todos se tornaram estéreis. Não nasce uma criança a dois anos. É questão de tempo até todos morrerem. Os cientistas estão trabalhando para uma cura. Porém parece impossível.

-O que é este vírus? O que aconteceu? - Eva ficou atordoada.

Todos ficaram sérios e cabisbaixos. Ninguém costumava mais falar sobre o assunto. E ouvir aquilo novamente colocava todos diante do precipício.

-Veja só, o vírus começa atacando diretamente o sistema reprodutor humano. Destrói as células reprodutoras presentes, e o sistema de produção destas células. O processo é muito rápido, em poucas horas uma pessoa fica estéril. O vírus se propaga de diversas formas: ar, água, insetos. E sobrevive fora do ser humano por tempo indeterminado. Depois de incubado, o vírus provoca outro efeito: acelera o envelhecimento. Dependendo da condição de uma pessoa, o vírus pode matar em poucos meses.

Eva novamente se viu diante de algo impensável.

-Eu não sei o que pensar.

-Nós não temos tempo para lamentações. Precisamos garantir que você mantenha a centelha humana. - Claudius retrucou.

-Mas eu sou uma máquina. Não foi isso que vocês disseram?

-Você é o mais próximo que temos de um humano que irá sobreviver. Todos aqui estão trabalhando para garantir que isso aconteça.

Novamente uma dor cortou seu coração. Ela não sabia como reagir a esta novidade. Cambaleando quase caiu. Ana aproximou-se de sua filha e a abraçou. Eva afundou-se em seu ombro e chorou.

Por longos minutos o silêncio tomou conta da sala. Até que Eva percebeu que a mãe em pouco tempo não estaria mais ali:

-Mamãe, você... você vai me deixar de novo?

Enfim ela entendeu que ficaria sozinha. Desta vem nem os professores, nem ninguém estaria com ela. As lágrimas rolavam na face de Eva. Ela não viu mas também Ana chorou.

8

-Temos que continuar. - Claudius com uma voz ríspida interrompeu o momento entre mãe e filha.

Carter lançou um olhar repreendendo-o e aproximou-se das duas:

-Eva, infelizmente isso é certo. Não temos muito tempo e você ficará sozinha. A não ser que...

Eva levantou o olhos rápido e segurou Carter com duas mãos:

-Tem algo que possa fazer sobre minha mãe.

Todos se entreolharam penosos.

-Não, Eva, nada sobre sua mãe e qualquer um de nós aqui. Estamos todos condenados. Mas você poderá ter companhia, se conseguirmos fazer a Fase Três funcionar.

Eva irritou-se e agitada tentou correr para fora da sala. Porém Ana segurou um de suas mãos e impediu-a.

-Filha, não temos tempo. Você precisa se controlar. Deixe a razão falar mais alto agora.

Carter continuou:

-Eva, por mais que seja duro pra você, para todos nós é ainda mais difícil. Mas não podemos parar agora. Claudius mostre a ela.

Claudius tomou a frente e chamou-a para um grande telão na parede. Teclando rapidamente a imagem mudou no telão apresentando uma pequena mancha brilhante no meio da tela preta.

-O que é isso Claudius?

-Gostaríamos que você estivesse aqui neste momento importante do projeto. Vamos iniciar a replicação do novo simulador. Esta pequena mancha são as células inorgânicas iniciais. Elas devem iniciar sua reprodução assim que liberarmos o catalizador. Isto passará a funcionar como o novo simulador.

Ana abriu bem os olhos e tentou focar o pequenino ponto brilhante.

-Meu pensamento passará a funcionar nesta nova máquina?

-Exatamente, Eva. Assim que a replicação atingir o tamanho adequado iremos transferir o processamento de seu cérebro eletrônico para o simulador.

Luis aproximou-se:

-Quer tomar as honras? Ali, aperte aquele pequeno botão na tela.

Eva aproximou-se da tela e esticou seu braço para apertar o botão. Antes encarou sua mãe, Claudius, Luis e Carter. Apertou rapidamente e um zumbido tomou conta do lugar.

Ela levou as mãos instintivamente aos ouvidos. O zumbido aumentou. No telão, rapidamente, a pequena luz aumentou rápido. Em segundos tomava   metade da tela.

Claudius mantinha os olhos no telão com um sorriso no rosto. Luis com a testa franzida não escondia sua preocupação. Ana aproximava-se da filha quando ela se contorceu em dor com o zumbido que lhe rasgava a alma. O zumbido a esta hora já se transformou em um estrondo. No entanto só Eva podia ouvi-lo. Os outros repararam no que acontecia a ela, mas a replicação não era controlável. Luis foi o primeiro a reagir:

-Claudius, eu lhe disse que isso poderia acontecer... O que faremos?

A luz já tomava conta de todo o telão. E no meio da tela a intensidade da luz era cegante.

-Está tudo sobre controle Luis, deixe de ser medroso, homem.

-Você pois tudo a perder. Se o novo simulador utilizar energia demais irá destruí-la.

Neste momento a luz deu uma vacilada e piscou rapidamente. Um segundo depois um blecaute deixou tudo totalmente escuro.

Foram alguns minutos de completo silêncio e escuridão. Como se nada mais existisse.

Sem conseguir determinar o tempo que levou, Claudius ainda sonolento levantou-se, sentou-se em sua maca e e esfregava os olhos para tentar acordar. Então um vulto apareceu contra a luz e uma mão voou em um soco certeiro em seu rosto.

Claudius caiu da maca ao chão e sem esperar levou um chute nas costelas.

-Seu idiota. Eu lhe disse que isso aconteceria. Seu estúpido.

Reagindo a dor, Claudius tentou se proteger atrás da maca e com os pés tentou derrubar o oponente.

-Luis, pare com isso, você sabia dos riscos. Você sabia.

Luis ainda em fúria empurrou a maca para o lado e quando ia para cima de Claudius levou um chute que lhe fez bater a cabeça na parede e cair inconsciente.

A luz ainda estava vacilante. Claudius apoiou-se para levantar e aproximou-se para ver se Luis estava bem. Ao ver que ele estava apenas desacordado, correu pelos corredores sem pensar em mais nada.

Os corredores eram os mesmos, mas a decadência era ainda maior. Ele parou diante da grande porta da Sala de Controle.

-Espero que dê tempo...

Ao digitar a senha a porta abriu-se para ele. Não havia ninguém dentro da sala e tudo estava desligado.

Ele correu para o canto da sala onde se encontrava um painel fechado. Usou a chave que estava preso em seu cinto para abri-la e começou a ligar os disjuntores.

Primeiro acionou o principal no topo do painel. Um estalo característico seguido de eco tomou conta do lugar.

Olhou para os lados e tudo permanecia desligado.

-Vejamos. Devo começar por aqui.

Acionou novas chaves e o sistema começou a dar sinal de vida. Primeiro as luzes no alto da sala, depois um barulho baixo de ventoinhas.

Quando terminou, as telas já começavam a apresentar a carga dos sistemas.

Claudius não demorou a conseguir a imagem que queria. Em um monitor estava a mesma sala em que se encontrava. E na imagem estavam lá: ele próprio, Ana, Eva, Claudius e todos os outros. Estavam caídos no chão desacordados.

-A simulação, está funcionando.

Alguém aproximou-se por trás de Claudius:

-Ela está bem? Ela está bem?

Luis estava com a mão na cabeça, afagando a ferida de onde escorria um pouco de sangue.

-Estou quase lá, o sistema ainda não subiu. Desculpe-me por isso, mas achei que iria me matar.

-Se algo aconteceu a ela, eu vou matá-lo. Mas temos que ser rápidos agora.

-O simulador não parou. Está cem por cento funcional. O sistema de monitoração de Eva está carregando. Mais um minuto. Meu Deus, espero que tenhamos sorte.

-Não é questão de sorte, você sabe. Foi imprudência sua.

-Deixe de conversa. Vá verificar o novo simulador. Veja se continua replicando.

-Não acredito que ainda vai se preocupar com isso.

-Estamos todos mortos. Sem o novo simulador, ela também estará.

Luis, ainda que relutante, não poderia contestar, virou-se e começou a trabalhar. Ele teclava rapidamente e observava o telão desligado na parede.

Enxugava o suor em sua testa enquanto praguejava baixinho e trincava os dentes.

-Noventa e cinco por cento. O monitoramento de Eva está quase lá.

-Aqui está, o novo simulador. - Luis terminou de dizer estas palavra e o última teclada fez seu pequeno barulho.

Uma luz insuportável tomou conta da sala. O telão apresentava uma intensidade inimaginável. Claudius levou as mãos aos olhos e Luis rapidamente, com os olhos fechados, acionou o teclado para que o telão desligasse.

Em outra pequena tela alguns números não deixavam dúvida:

-O novo simulador está em perfeito funcionamento e crescendo a uma taxa acima do esperado.

-Ótimo. Agora, Eva.

Claudius continuou digitando e finalmente a tela em sua frente começou a apresentar a interface padrão de monitoramento de Eva. Luis aproximou-se e observava a tela por sobre os ombros.

-Aqui. Funções vitais. Carregando.

-Ande logo – Luis estava totalmente descontrolado.

-Pronto. Veja, veja.

-Ela está bem!

-Mas está desacordada. Vamos ter que passar a rotina inteira de checagem. Isso vai levar algum tempo. Veja o que o registro de informações diz sobre o evento.

Luis voltou ao teclado e começou a procurar o horário exato do blecaute.

-Aqui diz que houve uma instabilidade no fornecimento de energia. Uma sobrecarga. O sistema automaticamente desligou os equipamentos menos prioritários, enquanto os geradores reservas não estivessem ligados.

-Quais subsistemas foram desligados Luis?

-As interfaces. Primeiro a nossa interface com o simulador. Por isso acordamos da simulação. Mas ainda não foi suficiente.

-O que mais?

-Foi desligado a interface do simulador com Eva. E as simulações de pessoas também foram desligadas.

-Ana?

-Todos. Todos foram desligados.

-Onde está Carter? Vamos precisar dele. Quando ela voltar vamos precisar dele para explicar porque sua mãe sumiu de novo.

-Não é possível a gente reativá-la?

-Luis, você me irrita! Sem a reserva de energia que tínhamos fica impossível acionar uma nova simulação de personalidade. E levaria anos para que estivesse no ponto que ela estava.

-Vamos ter problemas com isso, Claudius. Vou ver se Carter está bem. Quanto tempo para a rotina de teste terminar?

-Dez minutos. Vai vê-lo, vou aproveitar para chegar os sistemas de energia. O novo simulador continua crescendo rápido, logo teremos novos problemas.

Luis saiu da sala de controle   e seguiu de volta pelo corredor.

Era quase imperceptível a diferença da realidade que estava e a simulação de alguns minutos atrás. Talvez a única coisa que notava é sua miopia que lhe atrapalhava agora. Pensou em como era fácil corrigir uma falha de visão em um sistema simulado.

Entrou na saleta onde a maca estava ainda jogada no chão. E foi até o canto onde a maca de Carter estava.

Ele parecia dormir. Seus poucos cabelos brancos, e rosto enrugado não deixavam dúvidas sobre sua idade. Deveria ter mais de oitenta anos. As mãos cheias de manchas e a grande aliança dourada em seu dedo lhe chamou a atenção.

-Acorde velhinho, acorde.

Carter remexeu-se e num gemido acordou.

-O que aconteceu?

-Um blecaute desligou alguns sistemas. Aparentemente Eva está bem. Vamos até a sala de controle. Quer que lhe ajude?

-Peque a minha cadeira ali para mim, Luis.

Luis puxou a cadeira de rodas para perto da maca e ajudou o velho homem a sentar.

-Deixe-me. - Carter afastou-se rapidamente de Luis e tomou a frente deslizando a cadeira pelo assoalho.

"Pobre Carter", pensou Luis. "Está preso a esta cadeira a tanto tempo... não o culpo por não querer sair do simulador".

Quando Luis chegou a sala de comando, Claudius estava sobre a mesa calculando e anotando em uma folha grande.

-Segundo meus cálculos a taxa de crescimento do novo simulador está estabilizando no nível planejado. Houve um crescimento mais acelerado no início, mas agora está bem.

Luis um pouco mais aliviado não deixou de repreender o outro doutor:

-Culpa sua. Eu lhe disse que este tipo de replicação é imprevisível. Como está ela, o teste já terminou?

-Ela está bem. No momento seu cérebro entrou em modo emergência e ela ficará inconsciente por algum tempo.

-Ela está em coma, Claudius. - Carter replicou com uma voz rouca – Você sabe que o cérebro dela imita um humano em todos os detalhes. Ela entrou em coma para proteger o funcionamento de sua mente.

Luis voltou a franzir a testa:

-Ela voltará a tempo?

-"Ela voltará?", seria uma pergunta mais adequada. - Claudius respondeu.

-O que faremos? - retrucou Luis.

Os três senhores se entreolharam, esperando que algum deles tivesse uma solução para o problema.

Até que Claudius insistiu:

-Vamos prosseguir com o programado. E rezar para que ela volte a tempo.

Sem ter mais o que fazer ali, os três voltaram para as macas na outra sala e deitaram-se.

-Todos prontos. Computador: acionar o sistema de interface.

-Sistema acionado – uma voz metálica respondeu.

Ao lado das macas um sistema automático ativou uma agulha para cada um e em segundos eles estava desacordados e sedados.

Quando Claudius abriu novamente os olhos estava de volta a sala de controle. Carter e Luis já estavam de pé no instante seguinte.

-Temos que agir rápido. Se ela voltar do coma e ver sua mãe assim vai surtar.

-Claudius, ela vai surtar de qualquer maneira. - Luis retrucou.

-Não se eu puder evitar. - Carter por fim respondeu. E sem gastar um minuto pegou nos pés de Ana enquanto Luis pegava pelas mãos. -Vamos levar os corpos para a enfermaria. Eu vou pensar em algo até lá.

Carter carregou fácil os corpos junto com Luis e Claudius. Levaram pouco mais de uma hora para levar os vinte corpos da saleta. Luis ainda insistia:

-Não poderíamos apenas sumir com eles?

-Não temos tempo para programar o sumiço no simulador e nem energia para executar o programa. Não é tão mal, aqui pelo menos Carter pode andar e nos ajudar a fazer o trabalho pesado.

-Eu ouvi isso Claudius. Melhor tomar cuidado com o que diz. Ainda mais que teremos que explicar ao financiador esta bagunça toda.

-O financiador tem motivos pra crer que tudo está sobre controle.

-Se ela acordar sim. Mas se ela ficar mais tempo assim o projeto estará perdido.

Quando os três chegaram na sala de controle, Eva estava sentada lendo o resultado do teste que acabaram de fazer nela.

Luis deu-lhe um sorriso enorme. Eva ainda confusa parecia querer encontrar os outros que estavam a pouco na sala.

9

-E então, quem vai começar a dizer o que aconteceu?

Eva não estava para amizade, um olhar tenso rapidamente destruiu o sorriso de Luis.

-Nós tivemos uma sobrecarga. Mas no momento tudo está sobre controle.

Ela continuou olhando fixadamente e sem muita pausa já remendou outra pergunta:

-Onde estão os outros? Minha mãe, os pesquisadores?

Neste momento Luis abaixou os olhos sem pensar em nenhuma outra ação. Mas Claudius adiantou-se controlando a situação:

-Nós tivemos uma falha nas interfaces entre nós e o Simulador e entre você e o Simulador. Tivemos que fazer algumas escolhas.

-Como assim? - com um olhar preocupado por sua mãe, Eva já não transmitia a mesma confiança.

-O nível de energia baixou a níveis alarmantes e tivemos que desativar a interface da maior parte de equipe. Ficamos só o pessoal imprescindível. Eu, Carter e Luis.

-E minha mãe?

Carter entendeu imediatamente a jogada de Claudius e começou a trabalhar:

-Infelizmente a interface dela não pode ser reativada. Estas interfaces são individualizadas e a dela foi totalmente danificada no processo de desativação. Ela não poderá retornar ao Simulador. Eu sinto muito...

-Em quanto tempo ela ficará fora?

Os três se entreolharam e desta vez Luis tomou a palavra:

-Sinto muito mesmo. Não haverá tempo para revê-la.

O rosto de Eva desfigurou-se em uma mistura de asco e ódio. Em fúria ela arrancou o teclado em sua frente e o lançou sem direção. Caiu em lágrimas.

Luis aproximou-se dela e tentou consolá-la.

-Não é bem assim. Poderemos colocá-la em videoconferência com ela. O que não será possível é que ela esteja com você aqui.

Isso foi suficiente para ela se conter.

-Venha comigo, você deve estar cansada.

Carter aproximou-se e a conduziu para fora da Central de Controle. Não sem antes lançar um olhar reprovando o que Luis acabara de dizer.

Quando os dois encontravam-se fora da sala, Luis correu, pegou o teclado do chão reinstalou no terminal usado por Eva a alguns segundos. Começou a digitar.

-Vejamos o resultado do teste completo...

Claudius aproximou-se para ler e não gostou do que viu.

-Aqui, - disse apontando na tela - parte dos neurônios foram comprometidos. Maldição. Descubra que área do cérebro foi afetada.

Luis nem precisou da ordem de Claudius. Nem havia visto o ponto de falha já estava teclando os comandos de detalhamento.

-Parte do Lobo Frontal. Uma pequena parte. Isso é péssimo.

-Teremos que discutir as consequências disso com Carter. Ele é o especialista em Cérebros.

Luis tinha a face triste e já saia cabisbaixo, quando Claudius o segurou:

-Você tem trabalho extra. Precisa acertar as imagens e a voz de Ana para a vídeo conferência. Quero isso pronto o mais rápido possível. Eu mesmo farei o papel dela. Não tinha que ter falado que isso era possível, nosso tempo está curto demais para perdermos com estas bobagens.

-Não acho que seja bobagem. Ana é o maior vínculo de Eva com a humanidade. Se ela estiver presente neste momento decisivo, poderá ajudá-la a encontrar seu caminho.

-Espero que ajude mesmo. Já perdemos tempo demais com a simulação da personalidade dela. Deveríamos ter feito as videoconferências deste o início.

-Claudius, você sabe que a simulação é muito mais convincente não é? Agora que ela tem a certeza que a mãe está viva, fica mais fácil para ela criar o vínculo, mesmo que seja por videoconferência.

-Está certo. Enquanto você prepara isso, deixe-me ver a quanto anda o novo simulador.

Claudius acionou novamente o telão, tomando o cuidado para ajustar a escala de brilho do detector de células inorgânicas. O telão rapidamente estava tomado pela cor branca intensa. Ele ajustou a escala de ampliação e logo era possível ver uma grande mancha branca semi arredondada no meio do telão. Ele ativou então uma régua de escala e uma linha milimetrada atravessou bem o centro da mancha.

-Já está com 3 quilômetros de extensão. O dobro do previsto para este tempo. Vejamos a densidade...

Nestas tecladas tentava obter a quantidade de células por metro quadrado. E quase caiu da cadeira quando o número quase estourou a escala:

-Um trilhão de células por metro quadrado e aumentando! Além de atingir um volume enorme ainda está mais de mil vezes mais denso do que tínhamos projetado. Uma conta rápida e já acho que está pronto para Eva.

-Não posso acreditar nisso, Claudius, tínhamos previsto quase um mês até que o novo Simulador tivesse poder de processar o pensamento dela.

-Então aperte os cintos que vou mandar calcular o poder de processamento desta gracinha.

Ele acionou por fim o comando na tela e quando ia cruzar os braços para esperar a resposta o número pulou na tela:

-Dez vezes, dez! E já está subindo... onze... É incrível!

-Dez vezes o que?

-Dez, não, onze vezes a Eva. Esta máquina já é capaz de simular onze Evas. E continua crescendo.

-Impressionante. Então já podemos começar a prepará-la para a grande mudança.

-Sim. Podemos preparar as novas interfaces deste simulador. E o grande armazém de dados dela já está pronto para ser transferido. Isso significa que temos que tomar a grande decisão que adiamos até agora...

-Devemos escolher até quando iremos copiar...

Luis coçou o queixo pensando sobre isso. E não tinha uma resposta certa.

-Acho que poderíamos ir até hoje. A noite quando ela for dormir desligamos o registro do armazém e começamos a transferência.

-Ou esperamos o plano de Carter de prepará-la antes. - Claudius também estava confuso.

-Se ele prepará-la antes e algo der errado na transferência podemos tentar de novo sem perder o treinamento.

-Se algo der errado na transferência não perdemos tempo em treiná-la de qualquer maneira. - Claudius já mais convencido.

-Temos pressa e esta parece ser uma boa ideia. Transferimos ela para o novo simulador e depois seguimos o treinamento.

Claudius pareceu concordar com isso. Embora ele fosse o mais crítico sobre a transferência.

-Se a transferência não funcionar partimos para o plano B. O que eu queria fazer desde o início.

-Não pode ser tão insensível a ponto de abandoná-la para a destruição embora ela esteja tão próxima da imortalidade.

Claudius sorriu malandramente e não poupou Luis da mais pura verdade:

-Ela está mesmo próximo disso, mas em compensação, você está a um passo da morte. Não existe como mudar isso Luis. Deixe-a ir.

Luis quase reagiu nervoso e chegou a ensaiar uma resposta grosseira, porém ele sabia que Claudius estava certo. Mesmo que ela tivesse todo o futuro pela frente, não seria junto dele.

33

10

A mensagem do Financiador chegou no dia seguinte, logo depois dos últimos testes. Ele queria uma inédita conversa com os pesquisadores. Claudius e Luis estavam na sala de controle acompanhando o crescimento assustador do Novo Simulador e debatiam o motivo de tal conversa:

-Provavelmente os relatórios que chegaram a ele o deixaram nervoso. O que acha Luis?

-Já passamos muitos problemas sem que ele convocasse qualquer reunião. Ele deve estar possesso.

-Temos boas novas para ele não é? Então relaxa. Como está o crescimento?

-O Novo Simulador continua crescendo a taxas improváveis. Aquele ritmo que diminuiu após o crescimento rápido inicial reverteu-se e agora está acelerando cada vez mais. É impossível fazer qualquer estimativa. Não sei se isso é uma boa notícia.

-É uma ótima notícia para o Financiador. O que ele espera ouvir é que consigamos montar uma grande simulação, com níveis de detalhes cada vez mais precisos.

-Claudius. Você parece sentir prazer em enganá-lo assim.

-Ele é quem quer ser enganado, Don Juan.

-Não me chame assim. Não aqui.

Um silêncio constrangedor tomou conta da sala.

Depois de algum tempo Claudius retomou:

-Precisamos avisar que o projeto Gênesis está em dia. As novas interfaces devem ser instaladas o quanto antes. Precisamos carregar o sistema operacional e os dados do simulador antigo.

-Então poderemos nos ligar ao Novo Simulador e desligarmos este aqui. Assim teremos energia suficiente para o passo final.

-Temos que deixar o Financiador informado de todos os detalhes até este ponto. O firewall está funcionando corretamente?

-Os relatórios estão indo completos agora. - replicou Luis – Mas assim que iniciarmos a transferência de Eva, eles serão bloqueados. Estou cuidando para que os dados sejam gravados em área protegida.

Claudius coçou a têmpora.

-Espero que o firewall funcione.

Neste instante o homem com terno preto bem cortado, sapatos lustrados, e óculos escuros entra na saleta:

-Um firewall, Claudius? Precisamos mesmo disso?

Sua voz era possante e ríspida. Facilmente a autoridade era reforçada por ela. Seu porte alto e elegância também o deixavam mais temível.

Claudius olhou para Luis antes de começar a gaguejar:

-Nós, nós vamos precisar sim, senhor Financiador.

Retirando os óculos e abrindo bem os grandes olhos azul-claros, o Financiador aproximou-se e encarou os dois pesquisadores tentando ler seus olhos assustados.

-Precisamos garantir a segurança na porta de entrada. É seu desejo ligar-se a grande rede pública. - pensou rápido Luis.

-Isso já estava no projeto a tempos, rapaz. O firewall pode não funcionar?

-Não existe esta possibilidade – disse de maneira enfática Luis.- Claudius é muito centralizador, o senhor sabe. Quer só garantir que a parte que não lhe cabe no projeto funcione corretamente.

-Não estou aqui por isso. Me preocupa os últimos relatórios. Qual a profundidade dos danos no meu cérebro eletrônico?

-Eva... digo, seu cérebro está bem senhor. Houve um pequeno dano em algumas células mas nada incomum. Como se ela caísse do cavalo e batesse a cabeça no chão.

-Muitos morreram ou ficaram retardados ao cair de um cavalo. Você tem certeza que tudo está bem?

O Financiador tinha um olhar duro e sua voz parecia cortar o ar e a coragem dos pesquisadores.

-Veja por si mesmo. - E Claudius abriu espaço para que ele observasse de perto seu terminal. - Aqui está Eva e Carter. Ele está fazendo um conjunto de testes de inteligência com ela e também percepção sensorial e coordenação motora. Ela está se saindo tão bem   como sempre.

-Vocês foram muito imprudentes. Aquela queda de energia quase destruiu todo o projeto. Isso não pode se repetir.

-E não se repetirá. A última grande demanda de energia já foi realizada. O Novo Simulador está consumindo e produzindo energia por si só. É um sistema estável e logo não vai mais utilizar a energia que usamos para iniciar o processo de replicação. Quando liberar toda esta energia poderemos ligar as interfaces e nos conectar ao novo simulador.

-As novas interfaces acabaram de chegar, eu mesmo monitorei a entrega.

O Financiador voltou a encará-los. E desta vez ainda mais incisivamente:

-O que estão me escondendo? - disse diretamente.

Luis sentiu um arrepio lhe percorrendo a espinha. Claudius abaixou a cabeça e começou a falar:

-O Senhor é mesmo perspicaz. Não lhe contamos tudo.

-E o que está esperando para contar?

Luis fez um olhar quase desesperado e Claudius continuou:

-Nós precisaremos de mais tempo. Os robôs simulados, Ana e todos os ajudantes aqui foram destruídos.

Luis suspirou aliviado. Achou que o segredo de Eva seria revelado.

-Não temos tempo Claudius. Minha imagem simulada é esta, mas minha verdadeira aparência já está velho demais para sair da cama. A doença está avançando em mim e logo não terei forças para mais nada.

-Eu sei, Financiador. E estamos fazendo o possível.

Então a feição de Claudius mudou em um quase sorriso:

-Tive uma ideia! Podemos usar os serviços de Eva enquanto sua transferência não for realizada.

-Se ela puder ajudar, use-a. Logo ela não existirá mesmo. Mas nada de atrasos. E mais uma coisa: não me escondam nada. Eu sou responsável por cada parafuso deste projeto existir. Se eu desistir vocês não terão um centavo para seus novos brinquedos.

-Desculpe-me novamente, senhor. - repetiu Claudius.

E então o Financiador saiu.

Luis foi ainda até a porta para ver se o Financiador tinha ido embora realmente. Não vendo ninguém no corredor voltou para Claudius:

-Você se saiu bem.

-Ainda bem que pensei rápido. Tinha que lhe contar alguma coisa, ele sabia que estávamos escondendo algo. Espero que ele engula esta. E não volte aqui tão cedo.

-Ele me mete medo. Credo. Parecia que ia nos bater, sei lá...

-Será que sua verdadeira imagem ia te deixar assim tão assustado?

Os dois ainda conversavam quando Eva e Carter entraram na Sala de Controle.

-Estavam falando de quem? - Eva perguntou curiosa.

-O Financiador, veio saber sobre o incidente de ontem. - respondeu Luis.

-Mas ele nunca falou com os pesquisadores antes!

-Mas sem a equipe completa aqui no simulador, teríamos que mudar os planos, e ele veio combinar como faríamos. - rapidamente respondeu Claudius. - Ele propôs que você seja mais ativa, que também nos ajude nas próximas fases. Quando todos estavam ligados ao simulador você poderia ser só um expectadora.

-Mas com somente três pares de mãos a coisa mudou. - ela concluiu. -

Estou a disposição, cavalheiros. O que posso fazer para ser útil?

Os três doutores olharam-se e começaram a discutir:

-Podemos colocá-la para monitorar o crescimento do Novo Simulador. - pensou Luis.

-Ou, para ligar as interfaces. O Financiador nos informou que elas já estão disponíveis. - retrucou Claudius.

Ela sorriu e sugeriu:

-E eu trabalhasse na preparação da transferência de minha memória para o novo simulador?

Carter sorriu:

-Justamente o que não é possível. Você vai estar desacordada durante esta preparação!

-O melhor é ela ligar as interfaces. Assim ela também poderá interagir um pouco fora da simulação. - concluiu por fim, Luis. - Isso será importante caso ela tenha que fazer algo lá fora.

-E como eu poderia sair da simulação? - disse Eva assombrada.

-Você não pode sair. Mas, você pode usar um robô!

Luis chamou-a para perto e já acionou um comando no teclado. Uma imagem apresentou a área de armazenamento do Instituto. Dentro do armazém uma caixa do tamanho de um baú grande foi focalizada pela câmera.

-Veja ali, naquela caixa está o seu robô.

Eva sorriu, antecipando o que iria acontecer. Então Luis teclou um novo comando e a caixa começou a abrir-se ao som de motores elétricos. A caixa moveu-se e mudou de forma. Rodas ficaram visíveis e braços mecânicos. Um poste metálico telescópio foi subindo e de sua ponta dois pequenos fios com fibras óticas se moviam rápido de um lado para outro feito olhos.

-Venha controlar esta maravilha: - Luis disse empolgado. Mas Claudius interrompeu-o tomando a frente:

-Não Luis, quem vai treiná-la será Carter. Você ainda tem que terminar aquele trabalho de videoconferência. Quando ela terminar de instalar a primeira interface nós teremos que testar se seu trabalho ficou de acordo.

Contrariado, Luis voltou para seu teclado enquanto Eva seguiu com Carter para outra sala. Porém antes de sair, ela perguntou:

-Você vai preparar uma videoconferência para que eu possa falar com minha mãe?

Luis um pouco constrangido teve que mentir:

-Eu. Sim querida. Vamos ver se é possível que isso ocorra quando terminar seu trabalho.

Os olhos de Eva brilharam e ela saiu sorridente para sua nova missão.

11

Eva deitou-se na maca indicada por Carter e esperou um pouco apreensiva o que viria a seguir.

-Bem, como eu lhe expliquei anteriormente você deverá sentir como se perdesse os sentidos. Ficará tudo nebuloso e escuro. A seguir verá uma luz forte e depois de algum tempo poderá ver pelas câmeras do robô.

Ela ainda fez uma cara incrédula, mas deu de ombros.

Carter continuou:

-Neste momento estamos testando apenas a interface visual. Você terá a visão do robô. Mas sou eu que vou controlá-lo. Você ouvirá minha voz explicando o que deverá fazer a seguir.

-Entendi. Só uma pergunta, eu vou sentir alguma coisa?

-Quando eu faço isso costumo sentir um pouco de náusea. Mas não temos ideia se isso terá o mesmo efeito em você.

Ela preparou-se para a ativação, enquanto Carter continuava a acionar os comandos.

Ela não conseguia controlar a ansiedade. No instante seguinte sua vista escureceu e aconteceu como ele havia dito: uma tontura e sentiu-se desmaiando.

Não demorou muito seus olhos voltaram a funcionar. Porém a visão era turva e de um ponto de vista estranho, como se ela fosse um tanto mais baixa. Uma voz metálica pareceu falar diretamente de sua mente:

-Eva, está me ouvindo?

Ela logo percebeu que era Carter:

-Sua voz soa tão estranho, parece um sintetizador de voz dos mais antigos.

-É uma voz padrão para gerar uma baixa taxa de dados. Eu estou digitando isso, não falando. Você está vendo alguma coisa agora?

-Estou sim. Parece que estou em um armazém. E... não sei se consigo explicar...

-O que foi Eva?

-Eu pareço estar muito baixa!

-É que já está vendo pelos olhos do Robô. Ele tem olhos em um nível mais próximo do chão. Além de usar uma lente olhos de peixe.

-É isso, tudo está distorcido. Como se eu olhasse por uma lente.

-Perfeito, Eva. Tudo certo até agora. Algum desconforto?

-Não mesmo. Não estou sentindo nada errado.

-Então vou indicar como pilotar o robô. Primeiro indique que quer se mover colocando as duas mãos com as palmas para cima. Isso avisa o sistema que o robô deverá acionar as rodas. Para ele se mover é bem simples, levantando uma das mãos, a direita ou a esquerda, o robô gira para o lado inverso. Levantando as duas mãos ao mesmo tempo o robô anda para frente, sem girar. Quanto mais alto você levanta mais rápido ele vai. As duas palmas para baixo aciona o freio.

-Acho que entendi.

-Agora vou colocar minha imagem em seu campo de visão e você poderá ver meus movimentos ao mesmo tempo que vê o robô.

Uma pequena tela apareceu diante dela como que flutuando a alguns metros. Na tela ela pode identificar a imagem das costas de Carter. Ele estava com os braços estendidos a frente do corpo.

-Vou começar – Carter indicou.

Ele moveu as palmas das mãos para cima e ela ouviu o som metálico de motores elétricos sendo acionados.

- As palmas para cima ligam os motores. - Eva repetiu. Não queria esquecer os movimentos depois,.

Carter então começou a controlar o robô movendo os braços para cima e para baixo. Eva via o ambiente em sua volta se movendo, como se ela estivesse sentada em um carrinho de compras sendo levada para um lado e para outro.

O robô deslizou para o outro canto do armazém e aproximou-se de uma caixa fechada. Carter posicionou o robô diante de marcadores na caixa.

-As duas mãos com as palmas para baixo desligam os motores. - Eva repetiu.

-Isso. Agora vamos ter que abrir a caixa. Para isso precisamos controlar os braços mecânicos do robô. Para indicar que queremos isso juntamos as palmas das mãos, assim.

Ele juntou as palmas das mãos e imediatamente os braços do robô entraram no campo de visão de Eva.

-As mãos do robô agora imitam os movimentos de sua mão... e observe que você sente a pressão nos dedos quando toca em algo.

Enquanto falava ele acionou um botão na caixa e esta começou a abrir-se automaticamente. No momento que ele tocou a caixa ela sentiu a pressão na ponta de seu dedo, como se ela mesma tivesse realizado o movimento.

Dentro da caixa um dispositivo bem complexo, com vários fios e conectores do tamanho de um bola de basquete esperava para ser ativado.

-Veja, Eva. Esta é uma das interfaces. Basta transportá-la para o campo de conexão e encaixá-la em um dos slots de conexão.

-Qualquer um deles?

-Sim. Em qualquer um deles. Antes de darmos início ao crescimento do novo simulador uma sala de conexão foi criada e preparada para se ligar ao núcleo inicial.

-Onde fica esta sala?

Carter sorriu, embora do ponto de vista dela, não pudesse ver.

-Fica abaixo da sala de controle. Vamos levar esta caixa até lá.

Ele acionou os braços mecânicos e segurou a interface a sua frente. Depois levantou acima de sua cabeça, para poder se movimentar pelos corredores sem a peça obstruir sua visão. No momento que levou as mão ao alto um pequeno sinal sonoro fez-se ouvir.

-Este sinal indica que os braços estão travados. Quanto atinjo os pontos máximos do movimento e mantenho por dois segundos, eles travam automaticamente. Isso permite que eu acione novamente as rodas.

-Então você não precisa ficar o caminho todo com os braços pra cima?

-Isso iria cansar a beça, não é?

Ela ficou pensando sobre os movimentos enquanto Carter começou a mover novamente o robô pelo armazém. Logo o robô cruzava os corredores.

-As linhas verdes no chão. São indicação do caminho para a sala de controle?

-Bem observado, Eva. Verde indica o caminho entre a sala de controle e o armazém. Vermelho é a rota de fuga. Assim por diante.

-Carter. E as outras cores? Este corredor está bem colorido. Quando entrei a primeira vez aqui foi uma das questões que eu gostaria mais de perguntar.

-No seu devido tempo, Eva. Por enquanto, a verde e a vermelha é o suficiente, para instalação das interfaces e para fugir em caso de problema.

-Você quer dizer, para salvar o robô, em caso de problema...

-Só temos quatro robôs a sua disposição. Sem eles você não terá nenhum acesso ao mundo real. Dois deles são específicos para manutenção dos outros. São menores e tem muitas ferramentas úteis.

-Então eu poderia consertá-los.

-Exato. E para garantir que sempre terá ao menos um disponível, são dois robôs de cada. Dois para trabalhos pesados e dois para manter os quatro em ordem. Uma área inteira do armazém possui peças sobressalentes para mantê-los por décadas.

-Haverá tempo para eu treinar a manutenção dos robôs?

-Não será necessário. Temos roteiros inteiros preparados para cada tipo de manutenção.

-E quando acabar uma peça? - Eva insistiu.

-Temos também roteiros para construção de cada peça. E material e ferramental completo para isso. Se um dia for necessário.

-Parece que vocês pensaram em tudo!

-Tudo depende de cada detalhe que pensarmos, Eva.

Enquanto discutiam eles entraram na sala de controle. Naquele momento estava vazia. O robô foi posicionado sobre um sinalização verde no canto da sala. Assim que Carter desligou os motores o chão sobre o robô começou a descer. Era um elevador. Eva se sobressaltou.

-Está tudo bem, não se assuste.

O elevador levou-o para o piso abaixo da sala de controle.

-Veja, esta sala possui em sua paredes estas portas.

A sala estava bem iluminada. Eva observou que cada parede do pequeno cubículo possuía quatro portas com botões.

-Dezesseis slots de conexão. Não dá pra conectar muita gente ao novo simulador. - observou Eva.

-Não é necessário. Usaremos apenas cinco interfaces: a minha, a de Luis, Claudius e do financiador.

-Não seriam quatro então?

Ele apertou o botão na primeira porta no canto da parede e ela se abriu. Encaixou então a interface no slot e afastou-se. A porta fechou em seguida deixando a sala como estava antes de chegarem.

-Errado, você está esquecendo de você, Eva.

Naquele instante ela sentiu uma pontada na cabeça e sua vista escureceu tão rápido quanto ela parecia rodopiar até sumir em um abismo sombrio.

12

Ela acordou com uma dor de cabeça enorme. Demorou um pouco para aceitar a dor e abrir os olhos. Mas quando abriu tal como uma onda de choque a luz comprimiu seu cérebro.

Era como se seus olhos se abrissem pela primeira vez. A beleza dos detalhes do ambiente ao seu redor eram fabulosos. Podia ver tudo com uma clareza que jamais imaginou existir. A nitidez, o contraste e os tons coloridos que jamais havia percebido inundaram sua percepção.

Sentiu um perfume e também se assustou com isso. Era uma coisa doce e forte além de ser dezenas de vezes mais intenso do que qualquer coisa que sentisse antes daquilo.

Ouviu um ruído e olhou para a direção de onde vinha. Podia apostar que eram sapatos masculinos, em passos rápidos sobre o piso elevado metálico de uma sala próxima. Podia ouvir que estavam sujos de areia.

A algodão da roupa que vestia foi a descoberta a seguir.

Toda sensação era superlativa. Inclusive o sabor amargo na boca.

-Você demorou a acordar, Eva.

Os olhos azuis e o sorriso doce de Luis estavam diante dela.

-O que aconteceu? Porque está tudo tão.. tão... - ela não encontrou uma palavra para expressar. Carter tentou:

-Brilhante? Detalhado? Refinado?

-Carter? O que aconteceu afinal?

-Seja bem vinda, Eva para sua casa final. Esta é a Nova Simulação. A nova e definitiva. Bem melhor não é?

Eva levantou-se e se sentiu forte como nunca. A dor de cabeça sumiu.

-Que... maravilhoso. Parece que ganhei novos olhos. Nunca enxerguei tantas cores e tão nítido. Quantos detalhes em tudo. E meus ouvidos...

-Sentimos o mesmo Eva. Para nós também é a mesma sensação. Este novo simulador simplesmente criou um ambiente super realístico, melhor até mesmo que a realidade, se posso exagerar. - disse Claudius também ao seu lado.

-Se estamos aqui. Então, funcionou? O novo simulador está funcionando?

-Exato. O novo simular está em perfeito funcionamento. E os dados da simulação do antigo já foram transferidos para cá. Além disso uma série de detalhamentos que estavam sendo capturados da realidade também foram acrescentados.

-Então a simulação é criada a partir da realidade?

-Totalmente. Um conjunto de centenas de sensores: câmeras, detetores de cheiros e sistemas de reconhecimento de animais, objetos, vegetais e tudo o mais, estavam trabalhando o tempo todo coletando informações. Agora tudo está disponível na simulação. Nosso complexo está todo remodelado. Verá que tudo é novo.

Eva sentou-se na maca e observou que tudo era realmente novo em folha. As paredes e o chão estavam impecáveis.

-Não se preocupe, tudo tem aparência de novo, mas está tudo exatamente no mesmo lugar que antes. Isso, você não precisará aprender novamente.

-E minha mente? Já é uma simulação também? Ou ainda sou aquele emaranhado de eletrônicos?

-Sua mente é a mesma de sempre, Eva. Só que agora não está ligado mais ao antigo simulador. Trocamos os cabos, entende?

-E quando vamos finalmente me colocar toda dentro do simulador?

Ela olhou a cada um dos seus amigos ao seu redor e viu que os olhos animados de Carter e Claudius informavam algo contraditório aos olhos preocupados de Luis. Este disse:

-Precisamos ter certeza de uma coisa antes.

-O que seria, meu amigo?

-Precisamos saber se um cérebro simulado realmente funciona.

Eva olhou bem dentro dos olhos de Luis e mediu seu nível de preocupação. Ele parecia tenso demais. Ao se virar para os outros dois viu que trocavam um olhar cúmplice. No mesmo instante um frio percorreu sua espinha . Não deixou de pensar em como a nova simulação também não deveria ter melhorado sua percepção das coisas.

-O que está acontecendo Claudius. Como pretendem garantir que a simulação da minha mente funcione? - disse num tom desconfiado.

Claudius deu-lhe as costas, não sem antes fazer sinal para que o seguisse. Eva foi e quando ele chegou ao painel da central de controle. O telão em sua frente apresentava uma imagem simples, mas também já vista antes.

-Claudius, você vai preparar um novo simulador? Por que esta imagem é igual a tela de criação do simulador?

-Não é um novo simulador, Eva. Este é a célula inicial de uma nova criatura.

Eva abriu bem os olhos e tentou identificar algo na tela. No entanto a imagem era apenas um ponto branco na tela toda negra.

-Este será meu filho?

-Sim, Eva. E você pode escolher o nome que quiser... - respondeu Luis. Ela continuou olhando.

Luis   uma mão em seu ombro e falou baixinho:

-Eu tenho uma sugestão. Que tal Seth?

Ela aproximou-se da tela e respondeu ainda suspirando:

-Seth. É perfeito. Mas ele é um menino?

Claudius interveio:

-Isso vai ser um problema. É uma menina. A simulação da mente repete como algoritmo o processo que foi a criação de sua mente. Uma mente feminina. O DNA utilizado para sua formação foi de uma mulher. Portanto não temos uma receita masculina. E não temos tempo de criar outra mente.

-Então... todas as máquinas serão mulheres?

-Sim. Todas as máquinas serão do gênero feminino. Todas elas.

Eva enrugou a testa com uma olhar estranho:

-Mas, e como, como vamos nos reproduzir?

Ela sentou-se a cadeira com o rosto estafado. Luis permaneceu ao seu lado com a mão lhe tocando os ombros:

-Como você pode ver, você será reproduzida, mas não precisará de   um ser masculino para completar o processo.

-Sim, eu entendo.

Ela ainda olhava com aquele olhar. E um pouco constrangida e com o olhar baixo lançou a questão que realmente estava lhe preocupando:

-E quanto a sexo? Como espera que vamos fazer? Se formos só mulheres?

Luis tossiu constrangedoramente e se afastou. Carter virou bem a tempo de esconder um sorriso que não conseguiu segurar. Claudius foi quem deu a resposta:

-Isso nunca foi impedimento em nenhum tempo. A natureza sempre dá um jeito em situações como esta de escassez de um gênero. Se é que me entende. No mais, você será a última a ter contato com o masculino. Todas as outras máquinas terão somente o feminino como referência.

-Isso é estranho demais. Eu nunca senti nenhuma atração pelo mesmo sexo e no entanto se eu quiser viver esta face de minha vida terei que me adaptar. Não me parece justo.

-Não é justo com os homens também. Eles não terão nenhuma sobrevida. Deveria pensar nisso...

-Eles fizeram muito mais pelo fim da humanidade que todas as mulheres. - Eva grunhiu furiosa.

-E no entanto você está tensa assim, porque não poderá dividir sua vida com outro homem. - repeliu Claudius.

Ela lembrou o tamanho do problema que todos estavam enfrentando e tentou se acalmar. Luis foi quem seguiu a questão por outro caminho.

-Veja por outro lado. Você tem asco, ou aversão pelo mesmo sexo Eva?

Eva olhou-o um pouco envergonhada. Lembrou-se de um dia a muitos anos quando ainda estava em seu estranho orfanato. Sua memória voltou-se para quando os hormônios adolescentes começaram a mexer com sua cabeça e ela começou a descobrir seu corpo.

Ela se sentia atraída pela figura de uma mulher que todos os dias preparava sua comida. Ela só a via pela pequena janela no refeitório. A visão para a cozinha permitia que visse os grandes seios da mulher, além das curvas de suas ancas. E de uma maneira estranha ela se sentia atraída.

Luis olha ainda para Eva. E esta voltou de seu devaneio com o rosto corado.

-Eu... eu...

-Você sabe que conseguirá conviver com isso não é? Nós também percebemos como sua atenção com a cozinheira no orfanato. E como ela povoou suas fantasias adolescentes. - Claudius pareceu ler a mente de Eva.

Ela sentiu aquilo como um tapa na cara. E com os olhos cheios de lágrimas, levantou-se e estapeou em cheio o rosto de Claudius. Ainda preparou um segundo tapa, mas Claudius desta vez interrompeu a trajetória do movimento segurando firme o braço de Eva.

-Você não tem segredos conosco. Não tem. Não pense que eu estou dizendo isso para machucá-la.

-Deixe-a em paz, Claudius. - intimou Luis. Claudius soltando a mão de Eva se afastou.

-Ela sabe que estamos de seu lado, Luis. Ela sabe.

-Cale a boca, Claudius, você está me cansando. - desta vez foi Luis que preparou um soco em Claudius, porém no exato instante Carter segurou-o.

-Parem com isso, seus tolos. E você Eva, pare de choramingar. Parece que esqueceu o que estamos fazendo aqui? É uma sobrevida à humanidade. Deixaremos você aqui, com tantas companhias você desejar. E podendo criar tantas quanto quiser. E serão todas mulheres. Sim, serão. Mas você já demostrou que isso não é problema para você. Então assunto encerrado.

-Nós já tínhamos percebido isso, Eva. Inicialmente iríamos criar uma mente masculina também. Mas o tempo está acabando... - Luis falou mais calmo e tentando ser gentil.

Eva olhou nos olhos de Luis e percebeu sua verdade. Respirou fundo e limpou as lágrimas.

-De qualquer forma, mesmo tendo estes instintos eu não poderei me aproximar de ninguém. Serão todas como minhas filhas. Como eu poderia? Não se preocupem comigo. Eu só preciso de um tempo.

-Certo Eva. Vá descansar. Temos um pouco de tempo para testar se sua nova interface está perfeita. Aparentemente sim, mas temos que fazer outros testes. E temos que terminar de preparar Seth.

-Quanto espera ativar seu crescimento? - perguntou Eva.

-Assim que terminarmos seus testes nós podemos começar com isso. Provavelmente amanhã ainda. Agora, vá descansar. Você vai precisar.

Eva se afastou para seu quarto.

13

Eva estava sentada em frente ao terminal. Arrumava o cabelo pela terceira vez e batia os pés tamborilando no chão metálico.

Luis em pé ao seu lado teclava os últimos comandos meio arqueado. Levantou e cruzou os braços no instante que uma imagem formou-se na tela.

Eva sorriu e deixou uma lágrima escorrer em seu rosto.

-Mamãe!

Ana estava com ou sorriso no rosto e com uma tranquilidade sem fim.

-É bom revê-la Eva. Como é bom.

-Pensei que tinha lhe perdido novamente mãe...

Não conseguiu continuar a frase. Sem se conter, chorou soluçando muito. Luis tentou consolá-la:

-Ela está aqui agora, querida.

-Filha, fiquei sabendo da novidade.

-Seth?

-Sim, Seth. Você vai poder educá-la como eu lhe eduquei. Ou pelo menos enquanto eu pude.

-Você fez um bom trabalho, mãe. Veja como estou.

-Eu sei, minha filha. Agora você tem que ser forte. E fazer o que os meninos pedirem, certo? Eu confio nestes três.

-Mãe, sobre isso, eu queria falar com você.

Ela virou os olhos para Luis, como que pedindo um pouco de privacidade. Luis entendeu, porém não se afastou:

-Isso não é possível, Eva. Esta conversa com sua mãe não é privada, todos do projeto estão vendo isso. Eu estou do seu lado aqui para que você não se esqueça disso. Se precisa falar algo em particular, só pode ser comigo, Carter ou Claudius.

-Então que seja assim. Mãe, eu preciso lhe perguntar de qualquer maneira.

-Pergunte minha filha...

-O quanto você confia no Claudius?

Um silêncio se fez por alguns segundos. Luis afastou-se dela como que por instinto.

A mãe permaneceu sorrindo. E respondeu finalmente:

-Eu confio minha vida a ele, Eva. E a sua também.

Ela ainda observou os olhos da mãe por algum tempo e então mudou de assunto:

-Eu estou envergonhada, mãe. Todos sabem sobre minha... minha...

-Sua atração por garotas. - A mãe falou sorrindo. - Todos sabemos e isso você não deve se preocupar.

-Não me preocupo mais com isso, só que é embaraçoso. Não consegui dormir pensando em cada detalhe sórdido de minha vida, que todos vocês viram. Não existe nenhum segredo que possa ter guardado...

-Isso deve ser difícil mesmo.

-A vida é muito difícil. Mas mais difícil fica quando a verdade é a única coisa que nos resta. Nem tudo é suportável vir a luz do dia.

Desta vez foi Ana quem olhou sua filha nos olhos e seu sorriso se desfez.

-A verdade liberta, filha.

-Mas a liberdade não vem sem dor.

Luis voltou a aproximar-se. Tocando-lhe os ombros. Eva continuou:

-Veja isso mãe. Até pouco tempo eu era uma pobre órfã vivendo solitária. Sonhando com um futuro onde teria uma vida. Agora terei um futuro incerto e provavelmente solitário.

-Não diga isso. Seth será sua primeira companhia. E viverá com tantos quanto quiser.

-Será, mãe? E quando estes crescerem, será que vão querer viver comigo? Esta simulação é tão grande quanto o mundo. E todos poderão ir até onde quiserem. Será que vão querer viver com esta mulher solitária?

-A solidão não dita o que você é. O que dita o que você é, é como você lida com a solidão.

Desta vez Eva sorriu.

-Eu precisava de você mãe. Queria que estivesse aqui.

-Eu também filha. Mas tenho que ir agora.

-Já? Ainda é cedo.

-Tenho mesmo que ir. E só mais uma coisa, filha. Eu te amo.

-Eu também te amo, mãe.

E sorrindo e chorando Eva tocou a face da mãe na tela em sua frente. No mesmo instante a imagem se foi.

-Você está bem, Eva?

-É bom que você esteja aqui, Luis. Em você eu confio. Embora não possa lhe dar esperanças.

-Como assim?

-Eu sei o que sente por mim. Mas você não é correspondido. Pode ser meu melhor amigo. Mas é só isso.

Luis abaixou os olhos por um tempo. Mas ergueu-os a seguir com um sorriso:

-Não se preocupe comigo Eva. Eu sou assim, sentimental. E não gostaria de te magoar de qualquer maneira. Eu estou condenado lembra? Todos estamos. Menos você e Seth.

Ela sorriu e tocando o rosto de Luis em um carinho. Um segundo depois deu-lhe um tapinha de leve.

-Então vamos trabalhar. Estou ansiosa para Seth nascer logo.

Os dois seguiram pelo corredor. E continuaram a conversa:

-Eu vou engravidar? Vou criar uma barriga? Ela vai nascer de dentro de mim?

-Não Eva. Não seja tola.

-Então como vai ser?

-Você vai estar lá no instante do nascimento, é claro. E será tudo o que ela vai ter e ver naquele instante.

-Vocês não estarão lá?

Dando de ombros Luis, lamenta:

-Não queremos atrapalhar em nada. Você terá que lidar com isso tantas outras vezes, mas terá que lidar sozinha. Então queremos que faça isso sozinha a primeira vez também.

-Estou sozinha nisso então?

-Será mãe solteira. Fazer o que?

Ela sorriu enquanto entravam na sala de controle.

Carter virou-se quando viu os dois:

-Acabamos os testes Eva. E tudo está perfeito. Sua interface está cem por cento funcional.

-E isso quer dizer?

-Isso quer dizer que podemos seguir para a próxima fase. Podemos ligar o processo de reprodução de Seth.

Eva sentiu o coração disparando. Não conseguia conter a ansiedade. Mas mesmo neste estado notou algo errado.

-Onde está Claudius? Ele não vai acompanhar isso?

-Ele está fora. Precisou encontrar-se com o Financiador. - respondeu Carter. - Não ligaremos isso agora. Preciso ter uma última conversa com você antes.

-Precisa ver se eu estou pronta?

-Não. Eu sei que está. Só preciso lhe preparar para alguns possíveis problemas.

-Que problemas?

-Podemos ir para minha sala. No divã você ficará mais a vontade.

Carter e Eva foram para sua sala e ela logo deitou-se.

-Diga logo, quais são os problemas que passarei?

-Veja, Eva, nós sabemos que sua situação será inédita para qualquer pessoa.

-Como assim?

-Não sei se percebeu. A humanidade irá se extinguir e você será a mãe de toda a nova humanidade. Todos serão suas filhas. Já imaginou o que isso fará?

-Não tinha pensado nisso.

-E mais. Você também não pensou que sua vida não terminará. Você será imortal.

Desta vez ela recuou na divã um pouco assustada.

-Você parece que não se deu conta disso não é? Nunca ninguém esteve diante disso antes. A humanidade sempre viveu com o estigma da morte. Não tenho certeza como você lidará com a falta deste estigma.

-Você não está correto Carter. A humanidade nem sempre viveu com o estigma da morte. Os religiosos vivem sem isso. Os que abraçam a fé em uma vida eterna vivem uma vida como se não terminasse com a morte. Eles já vivem uma vida eterna, aqui e agora. A morte e considerada uma passagem para estes. Eu pensava exatamente sobre isso. Se os religiosos estão certos, estes viverão uma felicidade eterna e eu não poderei viver isso. Afinal, eu não estou viva de qualquer maneira.

-Explique isso melhor.

-Eu não sou viva, como eles. Não tenho uma "alma". Eu sou uma máquina Carter. Você sabe que eu creio em Deus, não sabe?

-Nós fizemos o possível para que você conhecesse tudo que nos faz humanos. E a religião é algo importante para isso. Só não contávamos que você se apegasse a religião como se apegou. Tentamos de tudo para dissuadi-la e lhe tornar uma agnóstica...

-Para que eu não fizesse as perguntar erradas?

-Para que você não sofresse de dúvidas desnecessárias...

-Não são dúvidas desnecessárias. Embora para mim as respostas são mais fáceis do que para vocês.

-Quais perguntas você está se referindo?

-Quem sou? Para onde vou? Porque estou aqui? Todas perguntas fáceis para eu responder. Fáceis na superfície. Mas no fundo são tão complicadas como para cada humano. Eu sou uma máquina. No entanto, mesmo dizendo isso, eu sofro, choro, respiro, sinto. Eu penso, logo existo?

-Eu não sou um filósofo, Eva. E não me preocupo em entender a vida e tudo mais. Minha preocupação aqui, não é o que você é. Minha preocupação é como você vai lidar com o que você é.

-Como lidar?

-Você, possivelmente será uma líder sobre todos as outras máquinas. Todas lidarão com você quase como uma Deusa. Você será a única testemunha da humanidade.

-Será a mim que virão, quando quiserem saber sobre os humanos.

-Exato.

-Isso me dará um poder especial sobre todos.

-E uma responsabilidade também.

-Eu não sei dizer como me comportaria. Eu nunca fui líder de nada.

-Você fará o melhor que puder.

-Eu estive pensando. Quando minhas filhas crescerem. Elas próprias poderão ter suas filhas?

-Se você as treinar corretamente, poderão sim. Embora exista um risco quanto a isso. Se você passar a responsabilidade pela criação para outros, você perderá o controle sobre isso.

-Entendo.

-Outro detalhe. Este complexo é o único lugar onde uma nova máquina poderá ser criada. Estes terminais aqui são o controle sobre as interfaces que reiniciam a simulação de uma nova criatura.

-Então cada vez que uma nova máquina for criada, deverá ser por meio destes terminais aqui?

-Será parecido com a viagem das tartarugas marítimas. Elas viajam por milhares de quilômetros e depois voltam para a mesma praia para desovarem.

-Eu vou ter que pensar sobre isso. Este deverá ser um lugar sagrado. Me diz, este lugar poderia ser destruído?

-A simulação tem algumas regras distorcidas aqui. Fizemos com que não fosse possível derrubar as paredes ou destruir os computadores. De modo que se uma filha se revoltasse e resolvesse destruir isso, não seria possível.

-Isso que me preocupava.

-No entanto se algo em você falhar e você esquecer como este lugar funciona, ou como chegar até aqui. Então não haverá o que fazer.

-Não é possível escrever isso e deixar em algum lugar para este caso?

-Todo o conteúdo e treinamento que preparamos para você estarão disponíveis na rede em sua chave.

-E se eu morrer?

-Então você terá que treinar alguém para te substituir antes disso. Ou passar o conteúdo do treinamento antes de ir.

-Eu vou pensar sobre isso.

-Mas você é imortal. Porque se preocupa com isso?

-Você pensa que eu não entendi não é? Enquanto eu não for uma simulação neste simulador indestrutível e de crescimento infinito, eu nunca serei imortal. Eu já percebi que se uma consciência humana não pode ser transferida de um cérebro para uma simulação, uma consciência que está

amarrada a uma máquina complexa também não pode.
Carter esforçou-se para não sorrir amarelo. Não conseguiu.

14

-Estamos aqui para um momento importantíssimo. Vamos ligar Seth. Eva, tem certeza que dará este nome a ela? Isso não é um nome masculino?

-Eu tenho meus motivos, Claudius. Agora me diz: existe alguma possibilidade de termos um novo apagão como no outro dia?

-Igual a quando ligamos o simulador? Impossível. Os circuitos do simulador de Seth já estão ligados e já estão em funcionamento. E o sistema de autoalimentação está funcionando perfeitamente. A capacidade de produção energética do simulador é cinquenta por cento maior que seu consumo.

-Então eu queria contar uma coisa antes de ligarmos isso. Eu tenho tido algumas enxaquecas. É algo que vem como uma adaga na cabeça e some muito rapidamente.

-Isso sempre lhe acompanhou a vida toda não é? - respondeu Carter.

-Pensei que ia melhorar na nova simulação. No entanto, não piorou muito. Na verdade eu tenho sentido uma pontada bem diferente.

Luis olhou preocupado para os dois pesquisadores:

-Será que não é melhor verificarmos isso primeiro?

Claudius foi incisivo:

-São as dores normais. Não devemos nos preocupar com isso. Vamos em frente.

Carter ainda fez um sinal com a cabeça para que Luis aceitasse. Este acabou cedendo:

-Então vamos começar com isso. Eva venha aqui. Escolha os comando conforme o manual:

-Ativar os catalizadores. -Eva leu o manual e acionou o comando correspondente.

Imediatamente o ponto brilhante na tela começou a ser ampliado até parecer uma célula. A membrana celular era visível e seu interior opaco. Em um instante a membrana pareceu se mover para dentro de si e de uma célula foram criadas duas.

Eva sorriu ao ver o milagre diante de seus olhos.

-Está acontecendo!

No instante seguinte as células começaram a se dividir e reproduzir rapidamente. A ampliação foi regredindo e regredindo até que foi possível ver apenas uma pequena bola brilhante.

-Vejam os números. Tudo está certo até agora. Está crescendo no ritmo planejado.

Uma voz diferente tomou conta do lugar:

-O que está crescendo? O que está acontecendo aqui?

A voz era possante e seu dono impositivo. O Financiador lançou um olhar repreensivo para todos na sala:

-Vocês não aprenderam a lição? Acham que podem esconder o que estão fazendo aqui?

Claudius foi o primeiro a falar:

-Você não entende. Você está condenado. Nós todos estamos.

-Eu estou condenado a viver nesta simulação. Mas eu vou viver. Eternamente, meu jovem, eu vou viver.

-Não! Você não vai, Financiador. Seu corpo continua deteriorando fora desta simulação. Mais cedo ou mais tarde ele não aguentará mais e você morrerá!

-E quanto a mente que preparam para mim? Não vão transferir minha consciência para ela?

Eva arregalou os olhos e finalmente se deu conta do que estavam preparando para ela:

-O que está dizendo? Que minha mente foi criada apenas para servir como recipiente para sua consciência? - E olhando para seus professores e Carter - Assim que fosse possível vocês iriam me destruir para que ele pudesse viver?

Luis não ficou mais quieto:

-Nunca iríamos fazer isso. Você vai viver, querida. Ele não.

Por sua vez o Financiador também se percebeu traído:

-Então é isso que tramavam? Manter esta aberração viva e se livrarem de mim? Por que fariam isso? Ela é uma máquina. Eu sou uma pessoa.

-Não tínhamos escolha, Financiador. A transferência de sua mente se mostrou impossível. Esgotamos todas as possibilidades e como estamos marcados para morrer, só pensamos em como lidar com isso. Ela vai ser a salvação da humanidade.

-Quer dizer que não é impossível me salvar?

O olhar dos pesquisadores não deixavam dúvidas. Desta vez o ar arrogante do Financiador foi-se embora. Sua face crispou-se em uma dor incontida e o corpo dobrou-se caindo sobre os joelhos. As mãos foram levadas ao rosto.

-O que eu fiz! E tudo isso para morrer de qualquer maneira!

Luis aproximou-se do Financiador para ajudá-lo, mas foi afastado:

-Afaste-se de mim, idiota. Vocês não tem ideia do que eu fiz para estarmos aqui agora. Não tem ideia!

-Do que está falando? - retrucou Carter.

-Vocês acham que ela vai salvar a humanidade? - uma risada gutural rompeu na sala de controle. - Ela é a destruição da humanidade, seus incompetentes.

-Destruição? - Claudius perguntou.

-Lembram-se quando eu transferi o último grupo do projeto para este lugar afastado? Lembram-se como eu informei a todos sobre a praga que estava a destruir a humanidade?

-A praga... que vai nos matar a todos... - repetiu Luis.

-Sim, a praga. A doença que eu inventei. Inventei para que vocês não tivessem escrúpulos para a fase final do projeto. A fase em que vocês já passaram. Ligar o novo grande simulador.

-Você inventou... quer dizer que você criou o vírus? - Carter pareceu não estar entendendo.

-Não existe vírus nenhum, Carter. Eu inventei a história toda.

-Meu Deus, o que você fez?

-E este novo simulador, esta máquina que está crescendo desordenadamente, já está tomando metade do globo. Já matou milhões. Bilhões. A troco de que? Eu não vou viver para sempre. Eu vou morrer. Morrer junto com toda a humanidade.

E então, o financiador caiu desmaiado ao chão.

Os quatro ainda ficaram sem reação por alguns segundos. Carter então correu ao encontro do financiador. Quando chegou a tomar-lhe o pulso, lembrou-se que estava em uma simulação. Levantou-se e dirigindo-se a um terminal descobriu rapidamente o que havia acontecido:

-Ele está morto.

-O que ele quis dizer com aquilo? Eu não matei ninguém, matei? - o olhar confuso de Eva fez Luis se contorcer de raiva e dor.

-Ele estava blefando. Eu mesmo li tudo sobre a doença. Ela existe... eu sei.

Claudius e Carter não se iludiam fácil:

-Luis, tudo o que leu foi informações que o Financiador passou para nós. Ele tinha gente comprada para criar os documentos que não nos deixaria duvidar.

-Eu.. eu... Mas aquela história de tudo ser destruído pelo simulador... - Luis correu de seu lugar para o terminal mais próximo. Teclando desesperadamente acionou o telão com um imagem do globo terrestre.

Todos observavam o globo girar até que fosse possível ver a Sibéria. O local de onde o simulador começou a crescer.

-Aqui ao norte do lago Baikal.

Luis apontou para o lago ao norte da Mongólia. A seguir teclou mais ou pouco e cruzou os braços esperando a resposta.

-O que vai acontecer agora? - Perguntou Eva.

-Veja você mesma. - respondeu Luis.

Uma mancha negra começou a crescer a partir do lago tomando rapidamente a cidade de Irkutsk e logo a seguir todo o lago.

A mancha ultrapassou a fronteira da Mongólia e ainda mais rápido pintou de negro todo o país. A China foi a próxima e o Cazaquistão a seguir. Mal tomou a China, o Japão e a Coreia sumiram. Índia, Tailândia, Oriente médio, Rússia toda.

A mancha tomou os primeiros países do leste europeu e chegou até a Arábia Saudita. E, enfim, parou.

-O que aconteceu? - Eva perguntou.

-Esta é a posição da mancha neste momento. Porém ela continua com o crescimento exponencial. - Luis acionou um zoom sobre a região da Arábia Saudita e foi perceptível como a mancha corria rápido pelos desertos árabes.

Eva continuou olhando os mapas e tentou algo:

-Como podemos reverter isso?

Claudius não deixou caminho livre:

-Não existe como. O sistema é fechado. Ele crescerá indefinidamente. Tomará toda a superfície e mesmo assim continuará. Indefinidamente. Nosso controle era apenas iniciar o processo. A Caixa de Pandora está aberta.

-Quanto tempo eles tem? - ela perguntou a Luis.

Luis então acionou o programa e a mancha voltou a crescer. Cada vez mais rápido. Até tornar toda a superfície da terra de um preto escuro. Mesmo os oceanos. Primeiro a maça negra tornou os oceanos de um azul mais escuro e depois de algum tempo tudo ficou totalmente preto.

-Os mares serão tomados pelo fundo e serão preenchidos totalmente pelos circuitos. A superfície terrestre não submersa será tomada em 5 dias. Os mares todos serão preenchidos em mais 7. - Luis resmungou.

Eva arregalou os olhos e erguendo os punhos bradou:

-Ele estava certo. Eu não sou a salvação da humanidade. Eu sou a sua destruição!

15

Eva, Luis, Claudius e mesmo Carter, permaneceram com os olhares distantes e o pensamento incontroláveis por muitos minutos, tentando digerir estas novas informações. Luis tomou a iniciativa:

-Se não existe a doença, temos mais tempo!

-Tempo para que - retrucou Eva - ainda pensa em continuar com esta aberração?

-O que podemos fazer? Isso é irreversível! Vamos abandoná-la também?

-Pare de se importar comigo... é minha culpa! Além de ser esta aberração... ainda sou responsável por destruir o mundo...

Luis nem conseguiu responder... abaixou os olhos, inconsolável. Claudius levantou e começou a tomar a situação para si.

-Temos que pensar. Não adianta nos lamentar agora. Carter, vamos continuar com os planos.

-O que ele nos fez fazer? - Carter ainda estava em choque. Claudius insistiu:

-Carter, leve Eva para descansar. Vou acompanhar com Luis aqui, vou tentar obter informações externas. Controlem-se.

Carter, resignado, levou Eva praticamente arrastada até seu quarto. Ela manteve um olhar distante com a mente turva pelos acontecimento e suas consequências. Os dois seguiram sem trocar uma palavra.

Claudius continuou na sala de controle com Luis. Este completamente sem ação olhava vidrado o globo no telão com sua grande mancha negra. Claudius, pensando alto começou a organizar sua mente para o que viria a seguir.

-Não podemos nos deixar abalar agora. Mais que nunca a humanidade depende de nós. Veja, a taxa de crescimento do novo simulador está aumentando... - Luis nem deu ouvidos ao velho amigo, ainda descontrolado – Não há como reverter o processo. O que acha que devemos fazer agora?

Luis permaneceu por mais um tempo quieto assombrado. Então deu um pulo, quase derrubando a cadeira onde estava sentado.

-Claudius, eles vão revidar!! Temos que proteger o laboratório!

-Eles, quem? - respondeu, Claudius sem entender.

-Depois, sou eu quem sou o ingênuo aqui: você acha que os americanos, russos, ou qualquer um lá fora, detectando uma massa disforme, crescendo rápido e vindo na direção de seu país, vai ficar parado esperando?

-Tem razão, não tinha pensado nisso.

-Eles vão revidar, talvez com armas nucleares. - Luis sentiu uma arrepio antes mesmo de terminar a frase. Os dois cientistas ficaram por vários segundos quietos com o cérebro formulando hipóteses e procurando soluções.

Claudius quebrou o silêncio externando o que encontrou de mais plausível:

-Vão enviar armas nucleares diretamente pra cá. Assim que determinarem o tamanho do estrago por onde a massa já cresceu e o local de origem da massa, deverão ativar as armas. Nós não temos muito tempo.

-Diria que temos alguns minutos apenas. - respondeu Luis – Nenhum de nós é especialista em lançamento de armas atômicas, mas o pior cenário é que as ogivas já estão viajando para cá, agora mesmo.

Os dois silenciaram-se novamente tentando prever as consequências. Luis continuou seu raciocínio:

-O novo Simulador tem uma grande redundância interna. Uma bomba exatamente aqui não iria causar perdas significativas no funcionamento nem do Simulador, nem da Eva.

-Minha preocupação é conosco. Nós estamos ligados ao Simulador na sala de conexão. Se a explosão destruir a sala, ou os equipamentos que nos mantém vivos lá...

-A sala fica no vigésimo pavimento negativo, Claudius. E ainda temos uma camada enorme de neurônios eletrônicos sobre nós antes da área útil começar.

Luis mal formulou a ideia, começou a calcular quantos metros de neurônios eletrônicos os separava da superfície. Quando o computador deu a resposta, o suspiro de alívio indicou que a resposta foi positiva.

-Temos centenas de metros de neurônios sobre nós, além dos 20 pavimentos. Acredito que estamos tranquilos. E mesmo se não estivéssemos seguros, não temos nada a fazer a respeito.

Claudius continuou pensando. Até que seu lado prático tomou conta novamente:

-Vamos avisar Carter e Eva. Temos que estar preparados.

Os dois saíram da sala de controle até a quarto de Eva. Chegando lá encontraram ela e Carter sentados quietos e inexpressivos.

-Temos um novo problema a enfrentar – falou Claudius, enquanto Eva e Carter olharam intrigados. - Chegamos a conclusão que seremos atacados por armas nucleares a qualquer momento. Acreditamos que estamos seguros aqui em baixo, mas você precisa saber Eva: todos nós corremos o risco de morrer no impacto, e você ficar sozinha por aqui.

-A chance disso acontecer é grande? - respondeu Eva um tanto aflita.

-Não creio – emendou Claudius – estamos a centenas de   metros abaixo da superfície.

Eva se sentiu tão cansada como nunca se sentiu antes. Toda aquela quantidade de informações e explosões de sentimentos   a deixou exausta.

-Preciso descansar, existe algo que posso fazer sobre isso.

Luis fez um olhar questionando os outros cientistas e respondeu:

-Você precisa ter acesso a toda a informação sobre o projeto. Se nós não estivermos aqui, você deve continuar de   onde paramos.

-Existe algo mais que ainda não sei?

Claudius e Carter fizeram sinal para que Luis continue:

-Vou liberar o nível de acesso completo aos dados para você. Sugiro que você o acesse somente se necessário. Tem alguns detalhes muito aflitivos. E alguns segredos ainda guardados. Estes detalhes poderão lhe causar muitos sofrimentos desnecessários.

Luis disse tudo isso com os olhos baixos. Eva tocou de leve e ergueu o rosto de Luis o fazendo olhar bem dentro dos seus olhos:

-Se eu souber sobre estes segredos, vou me decepcionar com você?

Luis fixou seus olhos nos de Eva e sentiu um turbilhão crescendo dentro de si, instintivamente se afastou e respondeu evasivo:

-Não sou eu quem tem contas a acertar com você...

-E quem é que tem então? - Eva o desafiou.

Claudius levantou-se imediatamente e terminou o assunto tão rápido como começou:

-Não faz diferença agora. Vamos todos descansar e esperar os acontecimentos.

-Então é você, Claudius? - Eva disse.

-Vamos descansar.

Claudius saiu pela porta praticamente arrastando Luis e Carter para fora.

Eva permaneceu com seu pensamento sobre a destruição da humanidade, sua culpa e como poderia ficar sozinha no mundo em alguns poucos momentos. Só então lembrou-se de Seth e como jamais estaria só novamente. Um sentimento diferente de tudo que já sentiu tomou conta de si e a fez sorrir por alguns segundos, enquanto o sono vinha e ela não conseguia pensar em outra coisa a não ser em como seria sua filha.

16

O primeiro impacto foi sentido em todo o complexo. Mesmo quem estava dormindo levantou-se imediatamente. Todos seguiram para a sala de controle para verificar a extensão dos danos. Eva foi a última a chegar.

-Você está sentindo alguma coisa Eva? - Luis aproximou-se com o olhar mais apreensivo que ela já tinha visto.

-Estou bem, não sinto nada, por enquanto. Eu acho.

Claudius estava com seu olhos grudados nas telas e teclando sem pausa. Sem se mover retrucou:

-É o que está indicando as primeiras leituras. Nenhum de seus neurônios e sinapses foram atingidos. Está tudo correndo perfeitamente bem. Os sistemas indicam que a área afetada pela detonação tem funções redundantes.

-Então nada será afetado? Tudo poderá continuar? - Luis disse com ar mais aliviado.

Claudius não tirou os olhos da tela e continuou:

-Nada indica que não teremos outros mísseis.

Um silêncio percorreu a sala de controle. Por muitos segundos Carter e Claudius continuaram teclando com os olhos vidrados em seus terminais. Luis por sua vez tinha os olhos pensativos enquanto andava de um lado para o outro.

Eva não deixou de notar o pesar enorme que percorria aquela sala. Ela sabia que todos estavam de alguma forma torcendo para que uma bomba terminasse com tudo. Eles tinham causado a destruição da Terra e iriam pagar por isso de um jeito ou de outro. Seria oportuno que tudo acabasse rápido.

Luis parou de andar e   começou a pensar alto:

-Não temos contadores Geisers na sala das macas. Podemos não ter nenhuma destruição mecânica, mas se a radiação chegar até lá, podemos ter problemas. Temos que verificar o nível de radiação imediatamente.

Claudius levantou em direção a Luis e disse:

-Leve e ensine Ana a fazer esta tarefa. Pelo menos você pode deixá-la ocupada por um tempo. - e imediatamente voltou a seu terminal.

Luis resolvei levá-la para outro lugar, para que pudessem conversar um pouco, enquanto a ensinava onde o contator Geiger era armazenado. Eles utilizaram o mesmo robô que montou as interfaces, mas desta vez ela controlou completamente todas as ações. Luis indicava cada passo a ser realizado.

O robô chegou a sala das macas e ela acionou o medidor de radiação. Um conjunto rápido de bips sinalizaram que a radiação não estava no nível normal.

-Estamos contaminados. Este nível não nos matará imediatamente, porém não temos muito tempo. Droga! - Luis levou as mãos aos olhos, caiu de joelho e não conseguiu mais segurar. Suas lágrimas caíram em profusão, e ele já não se importava em se conter diante de Eva. Ela por sua vez ficou sem ação. O desespero tomou conta e a esperança a deixou de vez. Ela o abraçou e ficou ali sentindo o seu amigo soluçando.

Os dois ficaram ali por um tempo que não puderam medir. Então algo mudou nela. Ela percebeu como se seu coração fosse apertado forte e no segundo seguinte, como o blilho de raio, ela tinha mais certezas do que jamais teve em sua vida.

Ela se levantou e puxando pelos braços levantou seu amigo Luis. Ele com a face ainda banhada em lágrimas e com uma feição incrédula olhou diretamente nos olhos dela e viu algo que não vira antes. Um sorriso mal se formou em seu rosto e ela se aproximou mais. Os dois se entrelaçaram em um beijo. Inicialmente doce e muito sentido e intenso.

O beijo incendiou o libido de ambos, tornando o mundo ao redor irrelevante, inexistente. Ambos deixaram-se levar e as roupas foram deixadas de lado. Se entregaram ao amor e a luxúria sem se importar com nada. Se amaram sem reservas.

Ainda com o fôlego descontrolado, Eva olhava com ardor e paixão seu amante. Ela lhe tocava o rosto e lia tudo o que podia nos seus olhos. E o que via era belo, intenso e comovente. Neste instante sua mente a trouxe para a realidade, e as emoções afloradas a invadiram e tornaram aquele momento inesquecível algo insuportável.

Eva se afastou em silêncio e recolocou o que pode de suas roupas.

-Não, eu não posso. Não devo. - Eva então saiu da saleta com um sinal negativo quando Luis se movimentou para seguí-la.

Eva quase correndo foi para seu quarto. Trancou-se e deitou-se em sua cama. Seu corpo ainda estava quente e sensível. Fechando os olhos tentava revisitar e fixar em sua memória cada segundo do que havia sentido a alguns minutos. Mesmo tentando fixar-se apenas nos sentidos e sensações o aperto em seu coração tornou-se uma dor pungente. E lágrimas voltaram a cair.

-Ele se vai. E eu o amo. Eu o ... - e os múltiplos sentimentos tornaram tudo insuportável. E ela desabou. Por incontáveis minutos tudo que restou foi a dor da perda eminente.

Por alguns minutos Luis permaneceu tentando escolher o que faria a seguir. Seu coração batia forte e ele não conseguia tirar o sorriso do rosto. Estar condenado já tinha se tornado parte de sua personalidade. A alguns meses recebeu esta notícia e tinha escolhido viver o máximo enquanto pudesse. "Quando algo é inevitável é bobagem lutar contra. O melhor é aceitar e seguir em frente". Repetiu em sua mente estas frases como se fossem um mantra mágico. Vestiu-se e levantou-se determinado.

Seguiu em passos pesados até a sala de controle. Claudius e Carter estavam muito ocupados nos terminais e nem perceberam sua chegada. Luis seguiu até o terminal livre e começou a teclar o mais rápido que pode.

Claudius virou-se rápido perguntando:

-Então? A sala estava contaminada? Estamos bem?

-Estamos bem. A sala não recebeu nenhuma radiação - repetiu mentindo sem olhar para Claudius.

Luis terminou de digitar os comandos que queria e olhando Claudius e Carter parou com dedo acima da tecla "enter". Com uma voz no limite do controle num tom ameaçador disse:

-Nós não precisaremos mais de vocês aqui.

Claudius virou-se com um olhar interrogativo ao mesmo tempo que Carter. Os dois jamais ouviram Luis com aquele tom de voz.

-O que está dizendo homem? - respondeu Claudius.

-Você é um mentiroso, William. Eu não posso mais com isso. Já menti mais do que suporto por seus planos mirabolantes. O Financiador não está mais aqui. Não temos mais motivo para esconder nada dela.

-Não me chame assim, Luis. Não aqui. - retrucou Claudius. - Ela pode te ouvir e tudo estará perdido.

-Nada estará perdido William. Muito pelo contrário. Tudo agora está claro e você... vocês não precisam mais estar aqui para destruir tudo.

E Luis apertou o botão.

No mesmo instante Claudius e Carter caíram como bonecos inanimados.

Luis retornou ao terminal e começou a bloquear o acesso a todos os terminais disponíveis do ambiente real, onde Claudius e Carter acordariam em poucos minutos.

Ele calculou que teria em torno de dez minutos se os dois resolvessem desligá-lo a força da simulação. Esperava que os dois não fizessem algo tão drástico. Afinal, se fizessem, a humanidade terminaria ali. Ou eles iriam arriscar que Eva conseguiria lidar com o restante sozinha?

Assim que terminou os comandos, levantou-se e correu até o quarto de Eva.

17

-Então ele é meu pai? Claudius é meu pai?

-Sim, William é seu pai. Ou melhor, a pessoa que fingia ser seu pai na simulação. Despulpe por isso. Eu fui parte disso por tanto tempo, menti para você e não podia continuar com isso, não podia mais.

Eva o observou calmamente tentando ler a verdade no que Luis lhe dizia. Seu sentimento com um passado destruído, com sua história, começou a fazer todo sentido.

-Ele não é meu pai. Eu nunca tive um. Minha mãe sim, ela era verdadeira e agia como tal.

-Eva. - Luis baixou os olhos procurando palavras - não sei direito como dizer isso. Sua mãe foi expulsa do projeto quando William percebeu que ela te amava de verdade. Ele ficou com medo de comprometer tudo que estávamos fazendo. Ele foi um tolo. Você só se tornou o que você é por conta deste amor. A pessoa que você interagiu desde que chegou aqui no complexo era uma simulação. Não existia. Sinto por isso.

-Ela... ela...

-Não vemos ela a muitos anos, querida. Voltou para seu país.

Eva abraçou a Luis como quem pede socorro. E chorou...

Eles observavam o grande telão enquanto claramente a figura de um feto se movia lentamente na imagem.

- Ela parece com você, Eva!

- Não diga bobagens, Luis. Ela é exatamente como eu. Foi feita a minha imagem e semelhança.

- O que será de você agora Eva?

- Será o futuro. Enquanto isso tudo aqui funcionar faremos o nosso melhor. E eu farei o meu melhor por ela.

ÍNDICE

SOBRE O AUTOR

Escritor, Doutor em Ciência da Computação, Analista de TI.

Um apaixonado por Ficção Científica influenciado por Arthur C. Clark e Isaac Asimov e pela ciência de Carl Sagan. Uma escrita rápida e limpa que procura levar o leitor ao interesse pela próxima página.

Acompanhando as missões espaciais desde os primeiros voos dos Ônibus Espaciais, até os atuais desenvolvimentos das naves da SpaceX do visionário Elon Musk.

Autor do livro Vermelho Vivo, sobre a primeira viagem do homem à Marte.

www.ingramcontent.com/pod-product-compliance
Lightning Source LLC
Chambersburg PA
CBHW030811170726
47995CB00011B/456